講談社文庫

五体不満足 完全版

乙武洋匡

講談社

まえがき

昭和51年4月6日。満開の桜に、やわらかな陽射《ひざ》し。やさしい1日だった。

火が付《つ》いたかのような泣き声とともに、ひとりの赤ん坊が生まれた。元気な男の子だ。平凡な夫婦の、平凡な出産。ただひとつ、その男の子に手と足がないということ以外は。

「オギャー、オギャー」

先天性四肢切断《せんてんせいししせつだん》。分かりやすく言えば、「あなたには生まれつき手と足がありません」という障害《しょうがい》だ。出産時のトラブルでも、その当時、騒《さわ》がれていたサリドマイド薬害《やくがい》の影響《えいきょう》でもない。原因は、いまだに分かっていない。とにかくボクは、超個性的な姿で誕生《たんじょう》し、周《しゅう》囲《い》を驚《おどろ》かせた。生まれてきただけでビックリされるなんて、桃太郎とボクくらいのものだろう。

本来ならば、出産後に感動の「母子《ぼし》ご対面」となる。しかし、出産直後の母親に知らせるのはショックが大きすぎるという配慮《はいりょ》から、「黄疸《おうだん》（皮膚《ひふ》が異常に黄色くなってしまう症状《しょうじょう》）が激《はげ》しい」という理由で、母とボクは1ヵ月間も会うことが許《ゆる》されなかった。それにしても、母はなんとのんびりした人なのだろう。黄疸が激しいという理由だけで、自分の子どもに1ヵ月間も会えないなどという話があるだろうか。しかも、まだ見ぬ我が子だ。「あら、そうなの」となんの疑《うたが》いも持たずにいた母は、ある意味「超人」だと思う。

対面の日が来た。病院に向かう途中《とちゅう》、息子に会えなかったのは黄疸が理由ではないことが告《つ》げられた。やはり、母は動揺《どうよう》を隠《かく》せない。結局、手も足もないということまでは話すことができず、身体《からだ》に少し異常があるということだけに留《とど》められた。あとは、実際に子どもに会って、事態《じたい》を把握《はあく》してもらおうというわけだ。

病院でも、それなりの準備がされていた。血の気が引いて、その場で卒倒《そっとう》してしまうかもしれないと、空《あ》きベッドがひとつ用意されていた。父や病院、そして母の緊張《きんちょう》は高まっていく。

「その瞬間《しゅんかん》」は、意外な形で迎《むか》えられた。「かわいい」――母の口をついて出てきた言葉は、そこに居合《いあ》わせた人々の予期に反するものだった。泣き出し、取り乱してしまうかもしれない。気を失い、倒《たお》れ込んでしまうかもしれない。そういった心配は、すべて杞憂《きゆう》に終わった。自分のお腹《なか》を痛めて産んだ子どもに、1ヵ月間も会えなかったのだ。手足がないことへの驚《おどろ》きよりも、やっと我が子に会うことができた喜びが上回ったのだろう。

この「母子初対面」の成功は、傍《はた》から見る以上に意味のあるものだったと思う。人と出会った時の第一印象《いんしょう》というのは、なかなか消えないものだ。後になっても、その印象を引きずってしまうことも少なくない。まして、それが「親と子の」初対面となれば、その重要性は計《はか》り知れないだろう。

母が、ボクに対して初めて抱《いだ》いた感情は、「驚き」「悲しみ」ではなく、「喜び」だった。

生後1ヵ月、ようやくボクは「誕生」した。

目次

第3部 心のバリアフリー 早稲田大学時代 181

第1部

幼児期・小学校時代

車椅子《くるまいす》の王様

威張《いば》りん坊《ぼう》

ナポレオン

3人の新しい生活が、千葉《ちば》県に程近《ほどちか》い江戸川区《えどがわく》・葛西《かさい》という地で始まった。新たに引っ越してきたこの地では、知らない人ばかり。障害《しょうがい》を持った子どもの親は、その子を家に閉《と》じ込め、その存在《そんざい》すら隠《かく》してしまうということもあるそうだが、ボクの両親は、決してそんなことはしなかった。近所の人にボクの存在を知ってもらおうと、いつでもボクを連《つ》れて歩いてくれた。今でこそ十数センチの手足があるが、当時は胴体《どうたい》にジャガイモがコロンとくっついているようなもの。クマのぬいぐるみのようで、たちまち近所の人気者となった。まぁ、人間を誉《ほ》める言葉に「お人形さんみたいで、かわいい」というのはあっても、「ぬいぐるみみたいで、かわいい」というのはあまり聞いたことがないけれど……。

赤ん坊ながら、問題児ぶりは、すでにこの頃《ころ》から発揮《はっき》していた。とにかく眠《ねむ》らない。夜泣きが激しく、たいして昼寝もしていないのに、夜通し泣き続けていたそうだ。１日中、子守《こもり》で疲《つか》れ果《は》てた母にとっては、ノイローゼになりかねないほどだったというから、その激しさが分かる。１日に３〜４時間の睡眠《すいみん》で軍務《ぐんむ》をこなしていたと言われる英雄《えいゆう》にちなみ「ナポレオン」とのニックネームが付《つ》いたほどだ。

加えて、ミルクを飲む量も極端《きょくたん》に少なかった。当時、母が読んだ育児書によると、その時期に飲まなければならない量の約半分。いくらなんでも少なすぎる。さすがに心配した両親は病院に行き、相談などもしてみたが、ミルクを飲む量はいっこうに変わらない。ここまで来ると諦《あきら》めの境地《きょうち》か、両親も考え方を改《あらた》めた。

「この子は、生まれてきた時から個性的だったんだ。ミルクの量や睡眠時間だって、人と違《ちが》ってあたりまえ。他《ほか》の子とは比《くら》べないようにしよう」

う〜ん、お見事。こうして、睡眠時間やミルクの量は少なかったものの、ボクは病気ひとつせずにスクスクと育っていった。

生後９ヵ月、初めての言葉を発する。それまで、わけの分からない赤ちゃん言葉しか話せなかったボクが突然、「ハッパパッ、ハッパパパ、パパ、パパ」と口にした。生まれて初めての言葉が「ママ」でなく「パパ」だったことに、母は多少ひがみもしたようだが、単《たん》に言いやすかったのだと自分に言い聞かせていたという。そして、両親は言葉を話せる人間となったボクを心から祝福《しゅくふく》してくれた。

これ以降《いこう》、ボクは堰《せき》を切ったように言葉を話し始めたという。1歳の誕生日を迎える頃には、「おしゃべりヒロくん」になっていた。父も、そんなボクがおもしろかったらしく、四角い木に絵が描《か》いてある積《つ》み木を買ってきて「レッスン」を開始した。洗濯機《せんたくき》の絵が描いてある積み木をボクに見せて、

「これは何だ?」

「ジャブジャブ(洗濯機)」

「これは?」

「パパメガ(パパのメガネ)」

「じゃあ、これは?」

「ちんぶん(新聞)」

といった具合だ。父が会社から帰ってくると、その授業《じゅぎょう》は毎晩、繰《く》り返された。

母は母で、新聞に載《の》っていた「子どもに本を読んであげないということは、子どもの脳《のう》の前頭葉《ぜんとうよう》(思考・判断などが営《いとな》まれる部分)を切り取る手術をしているのと同じことだ」という文章に刺激《しげき》され、暇《ひま》さえあればボクに本を読んでくれていた。ふたりとも、かなりの教育パパ、教育ママだったと言える。

「この子は一生、寝たきりかもしれない」と覚悟《かくご》してから1年あまり。彼らの、いや、ボクらの生活は希望《きぼう》に満《み》ちていた。

質問《しつもん》攻《ぜ》め

4歳になると同時に、世田谷区《せたがやく》にある聖母幼稚園《せいぼようちえん》に入園した。とくに障害者だけが通う幼稚園ではなかった。葛西から世田谷区まで、毎朝、車で送り迎えをするのは時間がかかるということで、一家で世田谷区・用賀《ようが》に転居《てんきょ》。幼稚園まで、車で10分ほどのところだ。ボクの記憶《きおく》があるのはこの頃からなので、「故郷《ふるさと》は?」と言われれば、この用賀ということになる。一家にとって急激な環境《かんきょう》の変化だが、ここでは、どんな生活が始まるのだろう。

この幼稚園の保育方針《ほいくほうしん》は、基本的に子どもの個性を尊重《そんちょう》すること。だから、全員揃《そろ》って、「次は何をしましょう。その次は何をしましょう」ということがなかった。個人個人がルールのなかで好きなことをして過ごすのだ。全員が同じことをするなかでは、どうしてもできない部分がでてきてしまうボク。この幼稚園の考え方は、ピッタリだった。

友達もすぐにできた。ボクと友達をつないでくれたのは、ないはずの「手足」。まず、子どもたちの注目は「電動車椅子《でんどうくるまいす》」と呼ばれる変テコなマシーンに集まる。よ～く見てみると、そのマシーンに乗っているヤツには手も足もない! みんな、不思議で仕方がなかったようだ。ボクの姿を見つけると、みんなはアリのように群《むら》がってきた。手や足に触《さわ》ってみたり、「どうして、どうして?」を連発《れんぱつ》。そんな時、ボクは「ママのお腹《なか》のなかにいた時に病気になって、それでボクの手と足ができなかったんだ」と説明していた。すると、子どもたちは「フーン」と納得《なっとく》して、それ以降はなかのよい遊び友達となってしまうのだった。

そうは言っても、さすがにボクも疲《つか》れてきた。クラスの友達から始まって、他のクラスの子どもたちまで説明が行き届《とど》くまでの1~2ヵ月間。毎日が質問攻めだった。家に帰って、「ボク、もう疲れちゃったよ」と初めて泣き言を言った日のことを、母は印象深く覚《おぼ》えているという。先生方も、そんなボクの様子を見て、「幼稚園から帰って、熱が出たり、お腹が痛くなったりすることはありませんか?」と心配してくれていた。そんな親や先生方の心配をよそに、ボクは必要以上に「たくましく」育っていくのだった……。

ワガママ

人よりも短い手足と車椅子のおかげで、友達の数では誰にも負けなかった。自然と、常《つね》に友達の輪の中心に位置するようになっていく。そして、ひとりっ子特有の「ワガママ」が徐々《じょじょ》に顔をのぞかせ始めるのだった。

まだまだ幼稚園くらいの幼《おさな》い時期では、誕生日が数ヵ月違っただけでも成長の度合いに大きな開きがある。4月6日生まれのボクは、学年のなかで最《もっと》も「お兄さん」。リーダー格《かく》と言えば聞こえはいいが、ただの威張《いば》りん坊だった。

園庭で、みんなが鬼《おに》ごっこをしている。電動車椅子に乗っていても、みんなの走るスピードには追いつかないボクにとって、鬼ごっこは最もつまらない遊びのひとつだ。そこへ車椅子で進み出て、「砂場《すなば》で一緒《いっしょ》に遊びたいヤツはついてこい」と叫《さけ》ぶ。すると不思議なことに、今まで楽しく鬼ごっこをしていた子どもたちが、ゾロゾロと車椅子の後について、砂場へと向かっていくのだ。

しかし、砂場に行っても、手のないボクは自分で砂遊びをすることはできない。そこで、「お城《しろ》を作れ」などと指示《しじ》を出す。もしも誰かが、「トンネルを掘《ほ》りたい」などと言ったら、たいへんだ。「今日はお城を作るって言っただろう。それがイヤなら、オマエひとり、あっちで遊んでろ」当時から口達者《くちたっしゃ》だったボクに何かを言われると、みんなは言い返すことができなかったようだ。

これだけワガママ放題でも、友達が減《へ》っていくことはなかった。「オトちゃんに気に入られていれば、仲間外《なかまはず》れにされることはない」と、みんなが思っていたようだ。このことも、ボクのワガママぶりを助長させた。ガキ大将《だいしょう》の典型《てんけい》だ。次第《しだい》に、親や先生にも生意気な態度を取るようになっていった。

この時期、両親はかなり頭を痛めたそうだが、この問題は、ある転機によって解決していった。幼稚園での最高学年である「年長組」になってから、完全に、とまではいかなかったが、それまでのワガママさが影《かげ》を潜《ひそ》めていったのだ。

学芸会、ボクらの出し物は「ぐるんぱの幼稚園」。そのなかで「ジジ」という役があった。役どころは自動車修理工《しゅうりこう》。さして嫌《きら》われるような役でもなさそうだが、幼稚園児とは単純なものだ。「ジジ」という名前がおじいさんみたいでイヤだと、誰もやりたがらなかったのだ。

その時に、サッと手を挙《あ》げたのが、最もなかのよかったシンゴ。「じゃ、俺《おれ》がやるよ」の一言が、えらくカッコよく聞こえた。シンゴに比べて、自分がとても情《なさ》けなく思えたのを今でも覚えている。ボクは、シンゴに負けじと、「ジジ」の次に敬遠《けいえん》されていたナレーターに立候補《りっこうほ》した。幼稚園児ながら、男としての株《かぶ》を上げようと必死《ひっし》だったのだろう。見栄《みえ》っ張《ぱ》りなところは、どうやらこの頃から変わっていないらしい。

ナレーターは声だけの出演、つまり裏方《うらかた》を担当《たんとう》した。ボクのナレーションは大好評だった。お母さんたちから「将来《しょうらい》はアナウンサーになったら!」との声が上がったほど。元来《がんらい》が目立ちたがり屋で、常《つね》に輪《わ》の中心にいたボクにとって、ナレーターが評価を受けるなど、夢にも思っていなかった。そこで初めて、物事は裏方も含め、すべての人々の協力《きょうりょく》によって成り立っていることを、子ども心になんとなく学んだ。それまで自己《じこ》中心的な考え方しか持てなかった幼稚園児が、「ちょっと」大人になった出来事だった。

それ以来、みんなで遊ぶことの楽しさを知り、クラスの友達とは誰とでもなかよくなった。卒園《そつえん》間近の頃には、毎日のように誰かの家に遊びに行っていた。

こうして、持ち前の見栄っ張りのおかげで、ボクの幼稚園時代における大きな問題のひとつが解決した。しかし、これ以上にやっかいな問題がボクを待っていたのだった。

重い扉《とびら》

門前払《もんぜんばら》い

親というのは、子どもが学校生活という新しい環境に入ろうとする時、不安と希望の入り交じった複雑な心境になるものなのだろう。しかし、障害を持った子どもの親は、希望より不安の比重《ひじゅう》の方が大きいのかもしれない。まず、「受け入れ先があるかどうか」という関門《かんもん》にぶつからなくてはならないのだ。

ボクにも、その問題は付いてまわった。とくに、両親は小学校への壁《かべ》が最も厚《あつ》いものと感じたようだ。義務教育を受けるために、こんなに苦労をするとは、夢にも思わなかっただろう。

当時は、「障害児＝養護《ようご》学校」という流れが、あたりまえのものだった。だが、養護学校とは、「普通教育とは異《こと》なる教育を必要とする子どもたちが行く学校」だ。そこで、両親は疑問を持った。果たして、この子が普通教育を受けるのは不可能なことなのだろうか。幼稚園でリーダーを気取り、周囲を仕切っていたこの子に、特別な教育が必要なのだろうか。そして、その想いは「普通教育を受けさせてやりたい」という願いに変わっていった。

しかし、その願いは、簡単に叶《かな》えられることはなかった。まず、公立の学校が障害児を受け入れるのはむずかしいだろうとの考えから、私立の小学校に的《まと》を絞《しぼ》った。私立の方が障害者に対する理解があるとの情報もあった。しかし、結果は全滅《ぜんめつ》。何校か当たってみたが、試《し》験《けん》すら受けさせてもらうことができなかった。言ってみれば「門前払い」だ。

そこで、両親はなかば諦《あきら》めたという。やはり、この子に普通教育は無理なのだろうかと。

そこに、一通のハガキが届き、状況は一変《いっぺん》する。「就学時検診《しゅうがくじけんしん》のお知らせ」だ。就学時検診とは、来春から小学校に入学する子どもたちの健康診断のようなもの。そのお知らせが、乙武家にも届いた。

これには驚いた。入学は無理と、最初から諦めていた公立小学校からの案内だ。もしかしたら受け入れてもらえるのではと、期待に胸をふくらませダイヤルを回す。やはり、学校側はボクが重度の障害者であることを知らなかったようだ。事情を話すと、いささか動揺《どうよう》はしていたが、「とにかく、いらしてみてください」とのこと。そこで、母に連《つ》れられ学校に向かった。これが「用賀《ようが》小学校」との出会いだ。

就学時検診は、動物園に近い状態だった。元気いっぱいの幼稚園児たちが、所せましと駆《か》け回る。慣《な》れない環境のためか、悲鳴に近い声で泣き叫ぶ子もいた。そんななか、ボクは行儀《ぎょうぎ》よくひとつひとつの検査をまわり、担当《たんとう》していた先生方からは、お誉《ほ》めの言葉までもらったそうだ。母は、このなかでも行儀がよいと誉められたのだから、きっと学校生活もやっていけるだろうと自信を深めたという。

すべての検査を終え、校長室へ。母の緊張はたいへんなものだっただろう。当時のボクに、細かい状況まで把握《はあく》するほどの理解力はなかったが、これから何かが始まるんだという緊迫感《きんぱく》は十分に伝《つた》わってきた。

校長先生の第一印象は「優《やさ》しそう」だった。母と話をしながらも、ボクが退屈《たいくつ》していないかを気遣《きづか》ってか、時々こちらを向いてはニコリと微笑《ほほえ》んでくれる。どれくらい経《た》ってからだろうか、校長先生は細い目をいっそう細くして、ボクに質問をした。

「嫌《きら》いな食べ物はあるかい?」

「うーん……。パン!」

当時、あのモソモソする感じが駄目《だめ》で、どうもパンが苦手だった。

「そうかぁ、パンが嫌いじゃ、給食は困っちゃうぞ。給食では、ほとんど毎日がパンだからね」

それまで緊張でこわばっていた母の表情が、みるみる明るくなっていく。事実上のOK《オーケー》サイン。家に帰り、母は喜んで父に報告した。

「あなた、この子も普通教育を受けられそうよ」

天国から地獄《じごく》へ

ボクらの喜びは、そう長くは続かなかった。校長先生は、「うち（用賀小）の学区域《がっくいき》に住んでるのだったら」と、寛大《かんだい》な回答を寄《よ》せてくれたらしいのだが、それに「待った」がかかったのだ。その声の主は教育委員会。理由は、これだけ重度の障害者が、普通教育を受けるというのは「過去《かこ》に前例《ぜんれい》がない」。

普通教育への道が白紙《はくし》に戻《もど》り、乙武家は、しばし呆然《ぼうぜん》とした。給食の話まで出たのだ。てっきり、入学できるものと信じ込んでいた。それだけに、ショックも大きかった。しかし、ここからが両親のスゴイところ。いつまでも落ち込んでなどいない。どうすれば認めてもらえるのか、といった行動にすばやく移るのだった。

とにかく、教育委員会と協議《きょうぎ》を重ねる他ない。おそらく、「待った」のいちばんの理由は、ボクを知らないことからくる不安だろう。無理もない。十数センチしか手のない人間がまわりと遜色《そんしょく》のない字を書けるなんて、誰が想像するだろうか。その不安要素さえ取り除《のぞ》いてしまえば、許可は下りるだろう。それが両親の考えだった。

「このような時には、どうなさるのですか?」

そうした質問が絶えなかった。母は実際にボクを連れ、

「この子は、こういうことはできるんです」

と息子の身をもって答えを示《しめ》した。ボクも、得意気《とくいげ》にやって見せたのを覚《おぼ》えている。ほっぺたと短い腕の間に鉛筆《えんぴつ》を挟《はさ》み、字を書くこと。皿の縁《ふち》からスプーンやフォークを差し込み、てこの原理のようにして、ものを食べること。ハサミの一方を口でくわえ、もう一方を手で押さえながら、顔を動かして紙を切ること。ふだんはL《エル》字形になっている体のまま短い足を交互《こうご》に動かし、自分で歩くこと。

何をしても、相手はハッと息をのんでいた。「キツネにつままれた」という表現の方があっているのかもしれない。何しろ、手も足もない人間が、目の前で次々といろいろなことをやってのけてしまうのだから。

こうして、両親の熱意とボクの地力《じりき》で「入学許可」をもらうことができた。しかし、それには条件があった。子どもは、朝になると「行ってきます」と元気よく家を飛《と》び出し、学校で勉強をしたり友達と遊んでから、夕方になって「ただいま」と帰ってくる。これが通常の小学生の1日だ。

それが、ボクの場合は違った。朝、家を出る時から保護者《ほごしゃ》が付《つ》き添《そ》い、授業中や休み時間も保護者は廊下《ろうか》で待機《たいき》。そして、また家まで一緒に帰らなければならない。これが条件だった。保護者、つまり両親のことを考えれば、計り知れない負担《ふたん》だったが、彼らは「あなたが普通教育を受けられるのなら」と、その条件付き許可を心から喜んでくれた。

校長先生を始めとする多くの人々の善意《ぜんい》により、ボクの道は開けた。ボクが恩返《おんがえ》しできる、たったひとつの方法。それは「学校生活を楽しむ」ことだった。

高木《たかぎ》先生

手伝ってはダメ

入学式の写真を見ると、苦笑《くしょう》せずにはいられない。ボクの隣《となり》に写っている女の子が、これ以上は無理というほど大きく体をのけぞらせている。顔がひきつっているのも、よく分かる。その隣で、満面《まんめん》の笑顔《えがお》で写っているボク。この写真がすべてを物語っている。学校になじめるだろうかなどと心配されていた張本人《ちょうほんにん》は、なんの屈託《くったく》もない笑顔。驚きや戸惑《とまど》いを感じていたのは、むしろまわりの人々だったようだ。

そのなかでも、とくに悩《なや》んだのは、1年生から4年生までを受け持ってくれた恩師《おんし》・高木先生だろう。高木先生は、他の先生方から「おじいちゃん先生」というあだ名が付くほど、経験豊富《ほうふ》なベテラン先生。ボクの入学が決まった時に、真っ先に「私が受け持ちます」と名乗り出てくれたそうだ。しかし、いくら経験が豊富といっても、ボクのように手も足もない子どもを受け持ったことはない。何をするにも「初めて」ばかり。まず、先生を悩ませたのは、他《ほか》の子どもたちの反応だった。

「どうして、手がないの?」

「何で、そんな車に乗っているの?」

ビクビクしながらも、手や足を触《さわ》りにくる子もいた。先生はどう対応していいか分からず冷《ひ》や汗《あせ》をかいたそうだが、こっちは慣れたもの。友達になるまでの「通過点《つうか》」くらいにしか思っていない。「お母さんのお腹《なか》のなかでね」と、いつもの説明を繰り返していた。

こうして、まわりの子どもたちの疑問は解《と》けていき、クラスにはボクの手足のことを聞いてくる子はいなくなった。先生もホッと一息といったところだったが、このことによって別の問題が起こる。

高木先生は、とても厳《きび》しい先生だった。自分のクラスに障害を持った子がいれば、「あれもしてあげよう、これもしてあげよう」となってしまいがちだが、それではボクのためにならないと、先生はその気持ちをグッと抑《おさ》え、あえて何も手出しをしなかった。それが、子どもたちのなかでボクへの恐怖心がなくなると、今度はボクの手伝いをしたがる子が増《ふ》えてきたのだ。とくに、お姉さん気取りからか、女の子にその傾向《けいこう》が強かった。

先生は悩んだ。みんなが手伝ってあげるということは、乙武への理解と同時に、クラス内に助け合いの気持ちが芽生《めば》えているという喜ばしいことだ。それを無理《むり》にやめさせてしまうことには、やはり抵抗《ていこう》がある。しかし、このままわりの友達が何でも乙武のことを手助けしていたら、「待っていれば、誰かがしてくれる」という甘《あま》えた気持ちが育ってしまうに違いない。

そんな葛藤《かっとう》の末《すえ》に出した結論は、「乙武くんには、自分でできることは自分でさせましょう。その代わり、どうしてもひとりでできないことは、みんなで手伝ってあげてね」というものだった。みんなは、それを聞くとガッカリしていたようだったが、そこは小学校1年生。「はーい」と、素直《すなお》に言うことを聞き、それからはボクの手伝いを積極的にする子はいなくなった。

それから数日後、またしても先生を悩ませる事件が持ちあがった。各自《かくじ》のロッカーが教室の後ろに設置《せっち》されていて、そのなかに定規《じょうぎ》やおはじきの入った「算数セット」や、のりやハサミなどが入っている「道具箱」をしまっておく。そして、授業中にそれらが必要になると、随時《ずいじ》、取りにいくことになっていた。

だが、ボクの作業《さぎょう》は極度《きょくど》に遅い。先生の指示で、みんながいっせいに取りにいくのだが、ボクは人数が減るまで待ってから取りにいく。みんなの膝《ひざ》より下の位置でしか歩くことのできないボクにとって、人込《ひとご》みのなかに身を投《とう》じるのは自殺行為に近い。そこで、まず出足《であし》が遅れる。さらに、道具箱のフタを開け中身を取り出し、またフタを閉《し》めて戻ってくるという作業は、当時のボクにとって、かなりの時間を要することだった。

その日も、ボクは道具箱相手に悪戦苦闘《あくせんくとう》していた。ふだんならば、作業の早い子が「やってあげるよ」と、ボクの席まで持っていってくれるのだが、数日前に先生から注意を受けたばかり。みんな、気になってはいたようだが、手伝ってくれる子はいなかった。そして、授業が再開された。

「グスン、グスン」とうとう、ボクは泣き出してしまった。学校で、初めて流した涙。その作業ができなかった悔《くや》しさよりも、自分ひとりが取り残されたという淋《さび》しさの方が大きかったのだ。慌《あわ》てて先生が飛んでくる。

「えらいぞ。よく、ここまでひとりで頑張《がんば》れたね」

優《やさ》しくされた安心感からか、ついに、ボクは「ワァーッ」と泣き出してしまった。

先生は考えた。この子は、まわりの友達と区別されたり、一緒のことをさせられることにはなんの抵抗《ていこう》も示さない。しかし、まわりの友達と区別されたり、一緒のことができなかったりすることを極度に嫌がる。かといって、乙武の作業が終わるまで、みんなを待たせておくわけにもいかない。何でもかんでも手伝ってしまっても、この子のためにならない。

そこで先生が考えたのは、ロッカーをふたつ使わせるという案だった。道具の入った箱とフタを別々のロッカーにしまっておき、ふたつのロッカーから取り出すようにする。これなら、いちいちフタを開閉する必要がなく、簡単に道具が取り出せる。大幅《おおはば》なスピード・アップだ。

このような「工夫《くふう》」によって、先生は常にボクがみんなと同様の学校生活を送れるよう配《はい》慮《りょ》してくれていた。

王座《おうざ》転落《てんらく》

ボクは校庭に出ると、とたんに人気者となる。今まで見たことのない、手も足もない子。その子が乗っている電動車椅子。とにかく、珍《めずら》しかったのだろう。とくに電動車椅子は、ボクが短い腕で操作しているのが見えにくかったらしく、子どもたちの目には、ひとりでに動いているように映《うつ》っていたようだ。

他のクラスや他学年の子どもたちは、ボクと接する機会が休み時間しかない。そこで、校庭にボクの姿を確認すると、甘いものを見つけたアリのように集まってきた。例によって、「どうして?」を連発《れんぱつ》する子もいれば、車椅子に乗りたがる子もいた。すると、同じクラスの友達がやって来て、得意気《とくいげ》に説明し始める。「これはね、オトちゃんが、お母さんのお腹のなかにいた時にね」

ボクは学校中の注目を集めていた。ボクのいるところには、必ず二重、三重の輪ができるようになったし、ボクが移動すれば、子どもたちは列を作って、ゾロゾロとくっついてきた。このような状況を、目立ちたがり屋のボクが喜ばないはずがない。常に輪の中心にいることに、かなり気分をよくしていた。また、ゾロゾロとついてくる子どもたちを家来《けらい》だと勘《かん》違《ちが》いしてか、自分のことを「王様みたい」と言って、はしゃいでいた。

だが、ある日、王座転落の危機が訪《おとず》れた。「これからは、先生の許可なく車椅子に乗ってはいけないよ」。とうとう、高木先生に電動車椅子の使用を禁止されてしまったのだ。それは、次のような理由からだった。

まずは、車椅子に乗っていることでの優越感《ゆうえつかん》。ボク自身は、後ろからくっついてくる子どもたちに気分をよくしていたが、先生は「みんながくっついてくるのは、乙武を慕《した》ってのことではない。ただ、車椅子が珍しいだけなのだ」と見抜《みぬ》いていた。また、「障害者＝特別視《とくべつし》」という図式を崩《くず》すために、ボクを普通に扱っていたことが、車椅子に乗っていることでの優越感によって、すべて無駄《むだ》になってしまうのだ。

もうひとつは、体力を考慮《こうりょ》しての面。小学生は成長期だ。手と足がないとはいえ、ボクもボクなりに発育していくはずだ。それが、車椅子に乗っていると、自分で体を動かす機会も少なくなってしまう。将来を見据《みす》え、筋力《きんりょく》も鍛《きた》えていかなければならないことも考えると、車椅子の使用は決してプラスに作用しないという考えだった。

これは、当時のボクにとって、かなり厳しい指示だった。何しろ、車椅子はボクの足代わり。膝《ひざ》までより短い足をペタンと地面につけ、お尻《しり》を引きずるようにして歩くことしかできないボクにとって、車椅子ナシの校庭はあまりにも広かった。体力的にも、かなりキツイ。

当然、反対意見も出された。ボクが校庭を歩くようになってからの数日間、女性の先生方を中心に、「かわいそうですよ」との声が絶《た》えなかったという。真夏や真冬になると、その声はいっそう強まった。地面にペタンとお尻をつけて歩くボクには、他の人よりも大地の熱さ、冷たさが激しく伝わるのだ。

また、朝礼の時間にも問題があった。集会が終わると、子どもたちは音楽に合わせて行進し、教室に戻る。男子の先頭はボクだったので、どうしてもボクのクラスは遅れてしまう。そこで、先生は仕方なく「乙武を追い抜かすように」との指示を出したのだが、すると、ボクは広い校庭にポツンと取り残されてしまう。このことは、さらに「車椅子許可論」に拍車《はくしゃ》をかけた。

それでも、先生は耳を貸さなかった。「今だけかわいがってやることは、いくらでもできる。だが、この子はいつかひとりで生きていかなければならない。その将来を考え、今、何をしてやることが本当に必要なのかを考えていくのが、私の役目なのだ」との信念からだ。

高木先生のこの決断は、正解だったと言える。その後、ボクが進学した中学・高校・大学は、いずれも障害者のための設備が整っている学校とは言えなかった。そのため、ボクは階段の下に車椅子を停《と》め、そこからは自分の足（お尻？）で階段の昇降《しょうこう》、校舎《こうしゃ》内の移動などを行わなければならない。

だが、こうした自力での移動が可能となったのも、すべてこの高木先生の指導のおかげだったと思う。小学校に入った段階から、ずっと電動車椅子に乗り続けていたならば、ボクは電動車椅子から離れることのできない障害者となっていたに違いない。そして、そうなった時の日常生活を想像してみると……。今とは、まったく生活の「幅《はば》」が違っていただろうし、気持ちの上でのゆとりも違っていただろう。

先生自身、ボクに対しては、意識的に厳しくしていたようだ。「乙武に『コワイ先生』だと思われてもいい。その代わり、『でも、高木先生に受け持たれてよかった』と言われるような教師になりたかった」と言っている。

「真の厳しさとは、真の優しさである」高木先生のことを考えると、この言葉の意味を心から噛《か》みしめることができる。

オトちゃんルール

手のはたらき

クラス内のボクへの配慮《はいりょ》は日毎《ひごと》に薄《うす》れていった。やさしい心遣《こころづか》いがなくなってきたというわけではなく、気遣いをしなくても問題が生じなくなってきたのだ。ボクが、本当の意味で「クラスの一員」になれたことの表れでもある。

1年生の国語の時間、教科書で「手のはたらき」について学ぶという章があった。文字通り、「手」は、どのような時に使うのか、なんのためにあるのか、といったことを学ぶのが目的だった。手のない子を受け持っている先生にとっては、なんともやっかいな単元《たんげん》だ。教科書がこのあたりまで進んだ時、他のクラスの先生方まで、「高木先生、どうするつもりだろう」と心配してくれていた。

しかし、高木先生は意外にも、「なんの迷いもなく、というわけにはいかなかったが、その章を飛ばすことは、まったく考えなかった」という。その理由として、「毎日、乙武と接《せつ》するなかで、自分が四肢《しし》欠損児《けっそんじ》を扱っているという感覚がなくなっていた。自分が受け持っている『38人のうちのひとり』として接することができるようになっていた」ことを挙《あ》げている。さらに、「もし、クラスの子どもたちや自分自身が乙武を障害者という目で見ていたら、おそらくこの単元を扱うことには抵抗があっただろう」とも言っている。

この単元の最後に、先生は「手を使うこと」という題目《だいもく》で、子どもたちに「今日、手を使って何をしたか」を書かせた。みんなは「歯をみがいた」「字を書いた」などと書いていたが、ボクは「椅子にのぼった」と書いた。

本来、椅子は「座《すわ》る」ものであって、「のぼる」ものではない。しかも、その動作に手は必要とされない。しかし、ボクが椅子に座るためには、よじ登るようにしなければならない。そして、その際には短い手で椅子を押さえることが必要なのだ。そこで、ボクは、「手を使って椅子にのぼりました」と書いたのだ。

そのことでボクをからかうような子は、ひとりとしていなかった。「たしかに、オトちゃんは椅子に座る時に、手を使っている」と、みんながあたりまえのこととして受け止めてくれた。先生は、こうなることも考えて、この単元を扱うことに踏《ふ》み切ったのかもしれない。

必殺「嚙《か》み付《つ》き」攻撃

幼稚園でリーダーを気取っていたことからも分かるように、当時のボクは鼻《はな》っ柱《ぱしら》が強く、友達と衝突《しょうとつ》することも少なくなかった。たいていの場合は、得意の「ロゲンカ」で終わったが、時には、本気でぶつかり合うケンカに発展《はってん》することもあった。

「オトちゃんが悪いんだ、謝《あやま》れ！」

「違うよ。オマエの方が悪いんだ。オマエこそ謝れ！」

「何だよ、悔《くや》しかったら、ここまで来てみろ」

相手は、ボクの届《とど》かない机の上に立って、アッカンベーをしている。怒《いか》り心頭《しんとう》のボクは机まで駆《か》け寄《よ》ると、体当たりで机をひっくり返す。そこから転げ落ちた相手にも、再度、体当たりだ。

「危ねーな。何すんだよ」

そう言うと、相手もボクに飛び掛《か》かってくる。そして、ボクにパンチを繰《く》り出してくるが、自分の膝《ひざ》よりも下にいる相手だ。パンチは、なかなか届かない。そこで、相手はキック攻撃に切り替《か》えてくる。これなら、足元にいる相手に対しては効果バツグンだ。こうなると、ボクはひとたまりもない。だが、泣き寝入りするようなことは、決してしなかった。ボクの勝ち気な性格が、そんなことを許すはずがないのだ。

そこで、ボクも反撃に出る。相手がボクを狙《ねら》って振《ふ》り下ろしてきた足を捕《つか》まえ、懸命《けんめい》にしがみつく。相手がどんなに足を振りほどこうとしても、必死で食らいついて離さない。

「ガブッ!!」

「痛ぇぇぇーーっ」

本当に「食らいついて」しまった。今まで、さんざん蹴飛《けと》ばされた仕返しとばかりに、思い切り噛みついた。ボクは、手の代わりに口で作業をすることが多かったために、他の人よりもアゴの力が発達していたようだ。噛まれた相手の足には、歯形《はがた》がクッキリ。本当に痛がっていた。

相手が強いのか弱いのかなどと計算することなく、とにかく相手に向かっていってしまうのは、「普通の」ケンカとなんら変わることがない。きたるべき戦いに備《そな》え、乙武少年は今日も牙《きば》を研《と》ぐ!?

一緒に遊ぼう

障害者が学校生活を振り返った時、その多くが「最も苦痛だった時間は、休み時間だった」と答える。普通の子どもであれば、よほどのガリ勉でない限り、いちばん好きな時間に休み時間を挙げるだろう。それが、障害者の場合は逆になる。その理由は、こうだ。

授業中は、黙《だま》って席についていれば45~50分、すぐに終わる。けれども休み時間になりクラスメイトが楽しそうに遊んでいると、仲間に入っていけない自分は、より強い孤独《こどく》を感じる。そして、ただただ休み時間が早く終わらないかと願《ねが》うばかりになるのだ。

けれども、ボクも彼らと同じように、休み時間が最も苦痛だったかというと、決してそんなことはなかった。嫌いだったどころか、他の子どもたちと同様、いちばん楽しみにしていたのが休み時間だった。と書くと、この子は一体、何を楽しみにしていたのだろう、何をして遊んでいたのだろうと不思議《ふしぎ》に思われるかもしれない。

しかし、その遊びの内容も、野球・サッカー・ドッジボールなど、普通の小学生が興《きよう》じる遊びと、なんら変わることがなかった。「おいおい、そんな体で野球やサッカーって、一体どうやってするんだ?」と、ますます不思議に思われそうだ。当然、それらの遊びをみんなとまったく同じようにするには無理がある。しかし、だからといって、その遊びを止《や》める必要はない。ボクも参加できるような、「特別ルール」があればよいのだ。それは、「オトちゃんルール」と呼ばれた。クラスの友達が考え出してくれたのだ。

なかでも、野球が好きだった。バットを脇《わき》の下に挟《はさ》み、体を回転させる。つまり、それがボクのスイングとなるのだ。そうして、ピッチャーが投げたボールを打つことはできた。ここで、「オトちゃんルール」の登場となる。ボクの打順《だじゆん》の時には、反対側のバッターボックスに友達が控《ひか》える。そして、ボクがボールを打った瞬間に、その友達が変則《へんそく》的な代走として1塁《るい》に向かって走り出すのだ。

こんなルールもあった。ピッチャーの投げたボールを、フルスイング。会心《かいしん》の一撃《いちげき》だった。ボールは勢いよく、内野《ないや》の後方まで飛んでいった。ボクにとっては、大飛球《だいひきゅう》だ。

「オトちゃん、スゴイよ。今の当たりは、ホームラン級だね」

「ホントだね。そうだ！　オトちゃんにも、ホームランの位置《いち》を決めようよ」

「そうしよう、そうしよう」

「みんなは外野の頭を越《こ》えたらホームランだから、オトちゃんは内野の頭を越えたらホームランにしよう」

そうして、内野と外野の境《さかい》あたりに線が引かれた。甲子園《こうしえん》の「ラッキーゾーン」ならぬ、「オトちゃんゾーン」の出来上がりだ。

他の遊びをする時にも、さまざまなルールを考えてくれた。サッカーで、シュートを決めれば1点が入る。誰もが知っている、あたりまえのルールだ。

「じゃあ、オトちゃんがシュートを決めたら、一気に3点ね」

そんなルールができあがった。3点といえばサッカーではたいへんな得点だ。友達が、ドリブルで相手のゴール前まで攻《せ》め上がる。キーパーが前に飛び出してきたところに、ゴール前で待っていたボクにコロコロとパスを出す。ボクは、無人のゴールにボールを蹴《け》り込めばよかった。それだけでハットトリック（ひとりが1試合に3得点すること）なのだ。

最もムチャクチャなルールが設定されたのが、ドッジボール。それは、「オトちゃんにボールが渡ったら、相手チームの何人かは、オトちゃんの半径《はんけい》３m以内に寄らなければならない」というものだった。ボクも、それだけ至近《しきん》距離だったら、そこそこ威力《いりょく》のあるボールを投げることができた。そして、男の子であろうと女の子であろうと、五分五分くらいの確率《かくりつ》で相手にボールをぶつけることができるようになった。

ただし、内野にいるとすぐにボールをぶつけられてしまうので、ボクの位置は常に外野。そして、ボクが相手チームの子にぶつけた時には、ボクの代わりの子が内野に入れる、といったようなルールも決められていた。

みんなは、「あの子は障害者でかわいそうだから、一緒に遊んであげよう」という気持ちで、こうしたルールを考え出してくれたわけではない。クラスメイトのひとりとして、ケンカをするのもあたりまえ、一緒に遊ぶのもあたりまえだったのだろう。ボクもボクで、そのことを「あたりまえ」と受け止めていた。

好きな授業は体育

ジャングルジムで鉄棒《てつぼう》

先生に、「いちばん好きな授業は何?」と聞かれた時に、「体育」と臆面《おくめん》もなく答えて、驚かせたことがある。しかし、この気持ちに偽《いつわ》りはなかった。

両親との間に、こんなやりとりもあった。

ボク「ねぇ、手と足のどちらかが生えてくるとしたら、ボクはどっちが欲《ほ》しいと思う?」

両親「さぁ、わからないな。ヒロはどちらが欲しいの?」

ボク「足だよ」

両親「どうして? 手があったら、身の回りのことが何でもできるようになるのに」

ボク「それは、あんまり困ってないからいいの。でも、足があったら、みんなと一緒にサッカーができるんだよ」

身の回りのことをみんなにやってもらっておいて、「困ってない」とは不届き者《ふとどきもの》だが、当時は真剣にそう思っていた。それだけ、体を動かすことが好きだったのだ。

しかし、ボクのそんな気持ちとは裏腹《うらはら》に、高木先生は体育の時間のことで頭を悩ませていた。どこまで一緒にやらせて、どこから見学をさせたらいいのか。そして、先生を最も悩ませていたのが次の点だった。「何でもやろうとする意欲はすばらしいが、彼にはどうしてもできないこともある。そんな時には、どのようにして彼を傷つけないよう見学を促《うなが》したらいいのだろうか」このあたりの葛藤《かっとう》は、しばらく続いたそうだ。だが、先生が悩んでいるのをよそに、ボクは何にでも挑戦した。

体育の時間は体操で始まる。乙武はどうするのだろうと先生が注目していると、みんなの動きに合わせて短い手を振り回したり、体をピョンピョン跳《は》ねるようにしたりしていた。これを見た先生は、「そうか、何もまったく同じことをさせる必要はない。乙武ができる範囲《はんい》で、みんなと同じことをすればよいのだ」ということに気付いた。それで、ボクに対する指示が出しやすくなったという。

みんながトラックを2周する時には、「君は、あの水道のところまで行って帰ってらっしゃい」。走り高跳びをする時には、「みんなはバーの高さを上げていくけれど、君の時にはバーを下げていく。それを上手にくぐってごらん」。ボクは見学が何より嫌いで、新たな課題を与えられると、うれしくて仕方がなかった。

先生の指示でなく、自分なりの工夫《くふう》で授業に参加することもあった。鉄棒の時間。先生もボク自身も、さすがに鉄棒は無理と思い、列を離れジャングルジムの方へと向かった。そこで、みんなが悪戦苦闘している様子を見ながら、「頑張れ」などと声援《せいえん》を送る。その時、「あれっ」と感じた。

「このジャングルジムのいちばん下の棒は、ボクにとってちょうど鉄棒くらいの高さだぞ」

試しに、脇の下で棒を挟《はさ》み込む。グッと力を入れると「フワリ」と体が宙《ちゅう》に浮いた。みんなの方を見ると、鉄棒にぶら下がり、大きく体を振る練習を盛《さか》んに繰り返していた。そこで、ボクも棒を挟んだまま、ポーンと地面を強く蹴り出してみる。すると、ボクの体は勢いよく前に飛び出た。今度は、その反動で体が後ろに引っ張られる。この繰り返しで、ボクは鉄棒を軸とする振り子のように動くことができた。ジャングルジムが、鉄棒へと早変わりだ。

ピョン、ピョン、ピョン

1月に入り、なわとびの授業が始まった。それと同時に、高木先生の苦悩《くのう》も始まる。どのようにして参加をさせたらよいのだろうか。それまでは体育の時間が楽しくて仕方のなかったボクも、なわとびが始まってからは、体育の時間が来るたびに憂鬱《ゆううつ》になった。それが、一転して「なわとびやろう」と友達に声をかけるまでになるのだから、おもしろい。

ある日、先生が両端《りょうはし》で友達同士がなわを回している真ん中にボクを置いて、「いいか、なわが来たら体操の時のように跳びはねるんだぞ」と言った。何回か試《こころ》みたが、うまくいかない。先生も諦《あきら》めかけようとした時、「ピョン」とタイミングが合って、1回だけ跳ぶことができた。跳べたというよりも、なんとか浮かした体の下を、なわが通っていったという感じだ。それでも、先生は「すごいぞ、乙武。その調子で、続けて跳んでみろ。ピョン、ピョンというタイミングだぞ」と誉《ほ》めてくれた。ボクは、「ピョン、ピョン」と口のなかでタイミングを計りながら、なわへと向かう。今度は、3〜4回も跳ぶことができた。

しかし、ここまでが限度。短い足をバネにして全身を浮かすのだから、相当の体力を要するのだ。先生の「疲れたか？」の問いにも、いつもは決して弱音《よわね》を吐《は》かないボクだが、なわとびをした後には必ずへばっていた。

それにしても、人は練習すると、こんなにも上達するものなのだろうか。

「先生、ボク、なわとび23回も跳べるようになったよ」

「ええっ、どうやって？」

「ミヤちゃんと一緒に跳ぶの。先生、見ててね」

相手が、ボクと向き合う形をとり、なわをスタンバイする。「せーの」という合図とともに、なわが回る。ボクが跳ばなければならないのはもちろんだが、相手が引っ掛かってもN《エヌ》G《ジー》（失敗）だ。そこで、ボクは運動神経のよいミヤちゃんに相手を頼《たの》んで練習してもらっていたのだ。

「ピョン、ピョン、ピョン、ピョン」

何回も練習しただけはある。ふたりの息はピッタリだ。

「すごいぞ、ふたりともよく練習したね。今度はもっと練習して、30回以上を目指してごらん」

ボクらは、また練習に励んだ。1回跳んでは、しばらく休憩。再度チャレンジしては、また休憩。こんなにのんびりとした練習に、ミヤちゃんもよく付き合ってくれた。

34回。今まででいちばん多く跳ぶことができた。「じゃあ、先生に見てもらおうか」心なしか、ミヤちゃんも誇《ほこ》らしげだ。高木先生を呼びに行き、ボクらは特訓の成果を披露《ひろう》した。だが、緊張のためか、29回しか跳ぶことができなかった。

それでも、先生は「本当によく頑張った」と、相好《そうごう》を崩《くず》していた。ボクはミヤちゃんのおかげで、他の子たちの何十倍も「なわとび」を楽しむことができたのだ。

目指せ、箱根《はこね》！

体育でなわとびが始まったのと同時期に、「マラソンカード」というものが配《くば》られた。マラソンをして校庭を1周すると、東京から箱根までを描《か》いた地図の1駅分だけ塗《ぬ》りつぶすことができるというものだ。高木先生は、遠足や運動会の時だけでなく、学校が何か新しいことを始める時には、「乙武には、どのように参加させようか」と頭を悩ませていたようだが、今回も同じだった。そして、3日間考えた末、クラスにこんな提案をしてくれた。

「みんなは1周走ると1マス塗ることができるけれど、乙武くんの場合は1周走ったら4マス塗れるというので、どうかな？」

「いいでーす」

みんながいっせいに答える。

「乙武も、それで頑張れるな」

「はい。ボク、毎朝走ります」

言ってみれば、先生の考えてくれた「オトちゃんルール」だ。これならば、ボクもみんなと一緒にマラソンを走っても、色塗りの進度状況に大きな遅れが出ることはない。気合が入った。

ボクは、翌日から箱根へ向けて「旅立った」。朝は、登校する時間が早ければ早いほど、走る時間を多く取れる。出掛ける支度《したく》をしながら「早く、早く」と母を急《せ》かしていた。しかし、高木先生はボクが走っている姿を心配そうに見守っていた。ふだんのボクは、危険に対して常に敏感《びんかん》で、人の密集《みっしゅう》するようなところへは絶対に近寄らなかった。だから、どんなに暑い日に喉《のど》が渇《かわ》いていても、水飲み場が混《こ》んでいれば我慢をしていたというほどの徹底《てってい》ぶりだったのだ。

しかし、マラソンはみんなが同じところを走る。ボクは座った状態で、お尻《しり》を引きずるようにして走るので、後ろから走ってきた子たちからは見えにくい。おしゃべりをしながら走っている子には、とくに注意を払わなければならない。なかでも、高学年の男の子などは背が高い分だけ、ボクのことが見えにくいだろう。間違えて、蹴飛《けと》ばされでもしなければいいのだが、というのが高木先生の心配だった。

しかし、これは杞憂《きゆう》に終わった。その心配をしていた高学年、それも6年生のお兄さんたちが一緒に走ってくれたのだ。ボクと一緒に走るといっても、みんなにとってはジョギングにもならない速度。そこで、順番に自分のマラソンをこなし、走り終わるとまたボクのところに戻ってきて隊列を組んでくれた。他の子が誤《あやま》ってボクを蹴飛ばすことのないよう、前後左右を6年生で固めてくれたのだ。

また、この時期はたいへん雪が多く、校庭にも雪解《ゆきど》けでぬかるんでいる箇所がいくつかあった。そのような時、「お尻が濡れてしまうから」とヒョイとボクを抱《かか》えてくれたりした。まさに、「走る護衛《ごえい》チーム」。このことは、高木先生もたいへん喜んでいた。

こうして、先生の配慮、仲間の協力、上級生の思いやりによって、ボクは体育の授業もなんら嫌な思いをせずに楽しむことができた。

先生は、この「1周4マスルール」を提案するにあたって、「乙武以外の走ることを苦手とする子が反発しないだろうか」というようなことを心配したそうだ。しかし、前にも書いたように、それについて反対する子はひとりもいなかった。1年間をともに過ごすなかで、みんながボクを理解してくれるようになり、「オトちゃんだって、ハンデをつければ、何にでもみんなと同じように参加できる」ということを知っていったのだ。

むしろ、そのことを教わったのは、高木先生の方だったかもしれない。元祖《がんそ》「オトちゃんルール」を考え出したのは、子どもたちだったのだから。

おにぎりの味

ズルイよ

1年に2回ある遠足。ボクは、いつも楽しみにしていた。もちろん、友達と遠くへ出かけるということも楽しみのひとつだったが、さらにボクをワクワクさせたのは電車だった。

ふだん、家族で出かける際には自動車を使う場合が多く、電車に乗る機会は滅多《めった》にない。そこで、先生や友達と一緒に出かけることができ、さらに電車にも乗ることができる遠足は、ボクにとって、この上ない楽しみだったのだ。

低学年までの遠足は、学校から比較的近い公園や動物園など、車椅子でもとくに差し支えのないコースだった。しかし、高学年になるにつれ、次第に内容がハードになってくる。そして、今回の4年生の遠足で、その厳《きび》しさは頂点《ちょうてん》を迎えた。

「今度の遠足は、山登りだ」と聞いたのは、4年生になってすぐのことだった。それも、大人が登るのにも険《けわ》しい山ということだ。ボクの頭に、「車椅子ではなおさら……」という言葉が続く。何でもやりたがるボクでも、さすがに今回は無理だと思った。母の口から、今回の遠足は欠席する旨《むね》を先生に伝えてもらう。しかし、先生はそれを認めなかった。

「連れていってしまえば、なんとかなるでしょう。まさか、その場に置いてくるわけにもいきませんし」

しかし、その先生も遠足の実踏《じっとう》（実地踏査《じっちとうさ》）に行って、事の重大さを嫌というほど知らされた。それだけ険しい山なのだ。遠足など遠出《とおで》をする時には、重たくて動きのとりにくい電動車椅子ではなく、軽くて折りたたみ可能な手押し車椅子で行くのだが、その軽い車椅子でも無理ではないかという声も上がった。道中、「このへんは、車椅子を押していくのは無理。これぐらいなら、なんとか押していけるかもしれない」などと、先生方で話し合いながら進んでいったそうだ。

本来、実踏というのは、トイレの位置を確認したり、休憩する場所を考えたり、全員が整列するスペースがあるかを確認するために行われるものだ。それが、いつの間にか他のクラスの先生も加わって、「乙武をどのようにして連れていったらいいか」という実踏に変わってしまっていた。４組の体の大きな男の先生も、「いざとなったら、私が背負って歩きますから、心配せずに乙武を連れていってください」と言ってくれていた。とにかく、学年全体で、ボクを頂上まで連れていく覚悟《かくご》だったようだ。

翌週、学級会が開かれた。議題は、「オトちゃんをどうするか」。変テコな学級会だ。

先生「今度の遠足は、神奈川県にある弘法山《こうぼうやま》というところに行きます。みんな、山登りになるけど、だいじょうぶかな?」

子ども「だいじょうぶでーす」

先生「この前、先生も他のクラスの先生と一緒に行ってきたけど、本当にたいへんでした。それでも、みんなはだいじょうぶかな?」

子ども「だいじょうぶでーす」

先生「でも、乙武くんは車椅子だよね。このまえ、お母さんから、『今回の遠足はお休みさせます』って言われたんだけど、みんなはどう思う」

子ども「ズルイよ!」

予期せぬ言葉が返ってきた。高木先生も、この言葉には驚きを隠《かく》せずにいた。

子ども「そんなに登るのがたいへんな山なのに、オトちゃんだけ休むなんてズルイよ」

他の子からも、「そうだ、そうだ」という声が上がる。

ボクが行くことになって、よけいに苦労をするのは子どもたちだ。ただ登るだけでもキツイというのに、車椅子を連れて頂上を目指さなければならないのだ。

しかし、その子どもたちから発せられた言葉は、「オトちゃんだけ休むなんてズルイ」。彼らにとっては、クラスの一員であるボクが、行事を休むことが不可解《ふかかい》だったようだ。こうして、ボクも弘法山に挑《いど》むこととなった。

チームワーク

天は、味方をしてくれなかった。遠足が予定されていた日は、朝からドシャ降り。その日に雨が降ると、翌日に順延《じゅんえん》されることとなっていたため、翌日がどんなに好天《こうてん》に恵まれようと、ぬかるんだ山道を登らなくてはならないのだ。

また、その雨は、力強い助《すけ》っ人《と》をも失わせた。通常の遠足では母が付き添《そ》いとして来てくれていたが、今回の遠足は山登りだということで、体力のある父が会社を休んでついてきてくれることになっていた。しかし、順延された日には長崎への出張が組まれており、どうしても休暇をとることができなかったのだ。

こんなにも悪条件が重なっていたのに、雨は降った。昼前には雨も上がり、快晴と呼べるほどの天気となっただけに、本当に朝方の雨が恨《うら》めしかった。

一日遅れの遠足は、お天気に恵まれた。しかし、今日の難敵《なんてき》「弘法山」は、登れるものなら登ってみろ、と言わんばかりにそびえ立っている。先生も、連れていってしまえばどうにかなるだろうと言ったものの、頂上までたどりつけるかどうか不安になったそうだ。ボクも、こんな高い山に車椅子で登れるのかと心配で仕方がなかった。そう思わせるほどの威圧《いあつ》感を、弘法山は備えていた。

登り始めてすぐ、5〜10分間ぐらい急な斜面が続く。道はたいへん狭い上に、急坂だ。しかも、前日の雨で地面はぬかるんでいた。ともすると、タイヤがはまってしまうようなところもあった。車椅子を押すだけでは、なかなか進まない。前輪《ぜんりん》を持ち上げ、車椅子を担《かつ》ぐような格好で、一気に駆け上がる。気がつくと、教頭先生も加勢《かせい》にきてくれていた。

最初からこれでは、先が思いやられる。本当に登りきることができるのだろうか。登山などしたことのないボクは、「心臓破り」とでも命名されていそうな急坂に、早くも度肝《どぎも》を抜かれ、不安で心が張り裂《さ》ける思いだった。

それからしばらくは、多少のアップダウンはあるものの、最初の急坂に比べれば割合と歩きやすい道が続いた。高木先生も、そう体力がある方ではない。先ほどのような急な斜面に備えて、平坦《へいたん》な道は子どもたちに任《まか》せた。

4年生ともなると、男の子たちのなかには体の大きな子も何人か出てくる。その中心となったのが、クラスのなかでもとくに体が大きく体力もある、ダイスケやシンくんだ。しかし、いくら体が大きいといっても、やはり10歳の力はたかが知れている。デコボコした道では、彼らが押したくらいでは、なかなか前へ進まない。車椅子の前にまわって、つかえた時に前輪部分を持ち上げたり、走行の邪魔となる石や小枝《こえだ》を払いのける係が必要となった。そこで、体はそんなに大きくないけれども、運動神経がよく、すばしっこい動きを得意とする子が、その役を買って出る。

後ろからはダイスケやシンくんが。右にはミヤちゃん、左にはタカユキが控え、車椅子が引っ掛かった時にヒョイと持ち上げる。ふたりの息はピッタリだ。そして、急な斜面に差し掛かると、高木先生や教頭先生に交代。そして、一気に駆け上がる。すばらしいチームワークだった。

みんな顔は真っ赤、首のあたりは汗でビッショリ。ぬかるんだ地面のため、膝《ひざ》から下は泥まみれだ。一生懸命という言葉だけでは足りないくらい、頑張ってくれた。

ボクのなかでは、みんなに対する「ありがたい」という気持ちと、「申し訳ない」という気持ちが同居して、胸がいっぱい。自分では何もすることのできないもどかしさも手伝って、みんなにどんな声を掛けたらいいのかさえ、分からなくなっていた。車椅子から飛び降りて、みんなと一緒に後ろから押したい。そんな気持ちにさえなっていたが、叶《かな》うはずもなく、ただただ一刻も早く頂上へ着くことを祈るばかりだった。

頂上は、遠かった。もう、3日間も歩き続けているのではないかと思うほどだ。だが、ようやく光が見えてきた。自然とみんなの足も速まる。最後のひとふんばりで頂上まで登り詰めると、一気に視界が開ける。ついに、弘法山に勝った。

「やったー!!」

「先生、見て見て」

「うぉー」

あちこちで歓声《かんせい》が上がる。大の字になって寝そべる子。水筒《すいとう》の水を一気に飲み干《ほ》す子。「やったね、オトちゃん」と言って、握手を求めにくる子。いろいろな子がいたが、みんな、いい顔をしていた。

本当は、ボクの方から「お疲れさま、ありがとう」とお礼を言って回らなくてはいけなかったのだが、ボク自身、疲れ果てていた。なぜだか、グッタリとして体が動かなかった。きっと、車椅子の上で力が入っていたのだろう。それは、みんなと気持ちがひとつだったことの表れだ。

「今までに食べたなかで、いちばんおいしかったものは?」と聞かれれば、ボクは間違いなく「弘法山の頂上で食べたおにぎり」と答えるだろう。

背中のV《ブイ》サイン

悪夢、再び

体育の時間に着替えたり、旅先でお風呂に入る時など、たいていの人はボクの背中を見て、ハッと息をのむ。左右の肩口《かたぐち》から腰の中心部にかけて、まるで背中全体をキャンバスにしてV字を描いたかのような、痛々しい傷跡《きずあと》が目に飛び込む。小学校の高学年に繰り返された手術の跡だ。

最初の手術は幼稚園の時だった。人間は、骨の成長の方が肉の成長よりも早いという。肘《ひじ》から先がないボクは、そのまま放っておくと、骨が肉を突き破って飛び出てきてしまうのだ。そして実際、幼稚園の時に、手の先端《せんたん》部分が次第に化膿《かのう》し始め、手術をすることとなった。

その手術とは、腰の骨を取り出し、手の先端にくさび形に打ち込み、手の骨が成長するのを妨《さまた》げるというものだった。だが、ボク自身は、まだ小さかったこともあり、この時の記憶があまりない。しかし、両親は鮮明《せんめい》に覚えているようだ。ボクを手術室へと送り出すつらさ。手術が終わるまで待たされた、あの永遠とも思われるような長い時間。そして、数ヵ月もの間、ギプスで固定され続けた入院生活。もう、こんな思いは二度としたくないと。

しかし、これで終わりではなかった。小学校4年生に上がり、ボクの腕に変化が生じ始める。ジャガイモのように丸っこかった腕が、徐々《じょじょ》に尖《とが》っていった。最初のうちは、気にしないようにしていた。しかし、そのうちに気にせずにはいられないようになってきた。ズキズキと痛み出したのだ。

この痛みは、今までに経験したことのないようなものだった。病院に行き、レントゲンを撮ってもらったが、案《あん》の定《じょう》、骨が肉を突き破ろうとしているという。成長期に入り、骨の成長が著《いちじる》しくなってきたということだった。

痛みは、日増しにひどくなっていった。着替えの時に洋服が手に触れただけで激痛が走る。そこで、体育の授業も、特別にふだん着のままで受けさせてもらうことになった。これだけ手が痛んでも、体育だけは見学しようとしないのだから、よほど体育が好きだったのだろう。

しかし、その大好きな体育や休み時間にも支障《ししょう》が出てきた。まず、ボクが最も楽しみとしていたボール遊びができなくなる。洋服が触れただけで激痛が走るのだから、手でボールを扱うことなど、とてもではないが、できなかった。そして、ついに走ることもできなくなる。ボクの場合は、走るといってもお尻で跳びはねるような全身運動。着地した際に腕にも振動《しんどう》が伝わり、体のなかに針金を入れて掻《か》き回されるような、キンキンする痛みがボクを襲《おそ》うのだ。

こうして、体を動かすことが大好きだったボクにとって、ひとつひとつできることが減っていく状態は、たまらなく苦痛であり、淋《さび》しかった。そして、ついに恐れていた状況が起こる。先端部分が化膿し始めたのだ。再手術が決まった。4年生の夏休みのことだった。

ついに、手術の日

手術に際して、ボクに手足がないことで病院側も困惑《こんわく》した部分が多かったようだ。まず、全身麻酔《ますい》。ボクは体が小さいため、普通の人とは麻酔の適量《てきりょう》が異なるらしい。麻酔の量というのは、少し間違えただけでも大きな事故につながるので、麻酔科の先生はずいぶんと神経をすり減らしたようだ。

次に、採血《さいけつ》や点滴《てんてき》。普通の人なら、腕にある血管が最も針を刺しやすいそうなのだが、ボクにはその腕がない。先生は、その場で腕組みをして考え込んでしまった。そこで、先生は名案を思い付いたのだが、その言葉にボクは青ざめてしまう。

「そうだ、脈を測る時には、首に手を当てたよね」

そう、本来ならば腕にする採血や点滴を、ボクは首ですることになったのだ。顔の真横に針が来る。これればかりは、何度やっても慣れることはなく、生きた心地がしなかった。

入院して、5日目。ついに手術の日がやってきた。真夏の暑い日だった。なんとなく実感が湧《わ》かなかったが、手術の数時間前になり、布を巻いただけのような手術着なるものを着せられると、「あぁ、いよいよか」と胸が締《し》め付けられていった。不安という波が、とめどなく押し寄せてくる。

今回の手術は、前回とは異なるものだった。背中の筋肉を切り取り、手の先端部分を包み込むような形で移植《いしょく》をするという。比較的、成長の度合いが早い筋肉ならば、骨の成長にも負けないだろうという考えだ。

テレビでよく見かける台に乗せられ、手術室へと向かう。両親と別れる時には、思わず涙がこぼれそうになったが、ここで泣いたらカッコ悪いと、グッとこらえる。今から考えれば、よくそこまで考える余裕があったものだと我ながら感心するが、台が両親の前を通り過ぎ、扉がパターンと閉まったと同時に、一筋《ひとすじ》の涙が流れていった。やはり、いくら強がってみても10歳の子ども。怖かったのだ。

それを察知《さっち》した看護婦さんが、声を掛けてくれる。

「手術、こわい?」

「うん」

「大丈夫よ。手術室に入ったら、すぐにお薬で眠ってしまうの。手術はその間に終わっちゃうから、痛いことは何にもないのよ」

手術室に入ると、看護婦さんの言葉どおり、すぐに麻酔がかけられた。世界が回りながら遠ざかっていく、もしくは自分が何かに吸い込まれていくような感覚で、意識が遠のいていった。なぜだか、その時に耳元で交わされていた看護婦さんと先生の会話が記憶に残って離れない。

「先生のお子さん、もういくつになったんですか?」

「ん、うちの? もう、中学生」

「もう、そんなに大きくなられたんですか。お名前、何でしたっけ?」

「龍太郎《りゅうたろう》。最近、名前の画数が多いから、テストの時に時間がかかって仕方がないと文句を言わ……」

気がつくと、夕方になっていた。3時間の手術は、予定より長くかかったそうだ。とりあえず、成功ということだった。

憂鬱《ゆううつ》な日々

ボクが入院した病院は、完全看護制。たとえ、親といえども、面会時間は3時から7時と決められていた。それは、手術の日とて例外ではなく、7時になると「あとは私どもで面倒を見ますから、どうぞお引き取りください」と両親ともに帰されてしまった。

手術当日は、ボクも意識が朦朧《もうろう》としていたため何も感じなかったが、1日、2日と経《た》つにつれて、淋《さび》しさが増してくる。7時近くになり、「もう、帰るからね」の言葉に、「あと、1分いて」などと、わがままを言って困らせた。母は、その時の様子を、後ろ髪を引かれる思いだったと振り返る。

ボクが淋しい思いをしていたのは、もちろん手術をした後で、気が弱くなっているということもあったが、まわりの友達との関係が最も大きな原因だった。無視をされたり、いじめられたりということはなかったが、そこは病院。入退院の出入りが激しく、少しなかよくなっても、すぐに退院してしまう。とくに、ボクが入院していた部屋は整形外科《せいけいげか》が主で、骨折などで入院してくる子が多く、退院も早かったのだ。ボクのような長期入院の人間にとっては、友達を作りやすい環境《かんきょう》とは決して言えなかった。

そして、忘れてはならないのが、ボクが障害者であるという点だ。障害者は友達ができないと言うつもりはない。だが、最初にボクを見た子どもはビックリしてしまい、友達になるどころではなかった。少し時間をかければ、学校と同じようにボクに慣れてもらい、友達になる自信はあったが、それには時間が少なすぎた。結局、なかよくなる前に、みんな退院してしまうのだった。

また、ボクを悲しませたのが、病院の規則。病院内で騒ぎ立てられては困るという理由からか、面会は14歳以上からしか認められていなかった。「オトちゃんのお見舞いに行きたい」と言ってくれる友達もいたが、それは叶《かな》わなかった。友達と遊ぶことが生活の中心であり、いちばんの楽しみだったボクにとって、２ヵ月近くも友達と会えないのは、だだっ広い砂漠にたったひとり、取り残されてしまったような感覚。淋しかった。

そんな悪条件が重なり、いつもの元気はどこへやら。入院中のボクは、すっかり気が弱くなってしまっていた。ある日、ボクの元気のない様子に気付いた看護婦さんが、声を掛けてくれた。それまで、あまり話し相手がいなかったボクは、いろいろなことを話した。手術のこと、学校のこと、入院生活のこと、好きなアニメのこと、そして、淋しい思いをしていること。

その看護婦さんは、終始《しゅうし》、にこやかに話を聞いてくれていた。そして、ボクの話が終わると、優しく肩に手を掛けてくれた。こんなに温かい感触は、どれぐらいぶりだろう。その肩から伝わる温《ぬく》もりに、ボクは安心し、それまで張りつめていた緊張の糸も切れてしまった。今までこらえていた涙が、一度に吹き出す。とうとう、声を上げて泣き出してしまった。

「早く、お家《うち》に帰りたい」

少しの親切でも、身に染《し》みて感じるようになっていた。優しさが、温かい。ふだん、友達や先生にお世話になっておきながら、感謝の気持ちが薄《うす》かったボクには、いい薬だったのかもしれない。

そんなボクの様子を、母から報告を受けていた高木先生は、居《い》ても立ってもいられなくなったという。そして、クラスのみんなに「みんなで乙武に手紙でも書かないか」と提案したところ、まったく予期せぬ答えが返ってきた。

「先生、ボクはみんなにノートを回して、寄せ書きを書いてもらっています」

「私たちは、今、鶴《つる》を折ってるんです。私たちふたりで千羽《せんば》鶴をあげるの」

「私は昨日、乙武くんの家に、お菓子を届けてきました。病院で食べてもらおうと思って」

みんなの気持ち。その後の入院生活の支えとなった。

術後、2ヵ月が過ぎた。抜糸《ばっし》もすみ、ギプスも取れた。鏡に映《うつ》し出した背中を、恐る恐る眺《なが》める。腕の先端から脇《わき》の下を経て、腰の中心部まで、背中をバッサリと切られたような傷跡だ。父が言った。

「冬休みに右腕も手術することになっているから、反対側にも同じような傷が残るな。ヒロ、そうしたらVサインになるぞ。勝利のVサインだ」

つらくなるはずの傷跡が、なんだか勲章《くんしょう》のように思えてきた。

OTOHIRO《オトヒロ》印刷

岡《おか》先生

5年生になり、担任の先生が代わった。その先生は、当時まだ20代で、学生時代にアメリカン・フットボールをやっていたというだけあり、１８０cmと体も大きい。弘法山《こうぼうやま》の遠足の際に、「いざとなったら、私が背負って歩きますから」と言ってくれた先生だ。年が近いこともあり、ボクらの感覚をよく理解してくれる先生で、人気も絶大《ぜつだい》だった。

実は、ボクが用賀小学校へ入学する際、ふたりの先生が担任に立候補してくれたそうだ。ひとりが高木先生、そして、もうひとりがこの岡先生だ。しかし、当時の岡先生は、なんとピカピカの1年生。「こういった特別な配慮《はいりょ》を要する子どもを受け持ってもらうには、君はまだ若すぎる」という校長先生の判断により、ボクの担任は高木先生に決まった。そして、4年間を終えたところで高木先生が退職することとなり、入学時に立候補した岡先生が、ボクを引き継《つ》いで受け持ってくれることとなったのだ。

担任の先生が代わり、ボク自身もやや緊張して始まった5年生。そのスタートは大掃除だった。ボクはいつものように、足の下に雑巾《ぞうきん》を挟み、床の乾拭《からぶ》きをしていた。雑巾を手で挟むことができないため、壁や机を拭《ふ》くことはできない。必然的に床を拭くこととなるが、これも乾拭きしかできない。雑巾が濡《ぬ》れていると、どうしてもズボンの足からお尻にかけての部分がビッショリと濡れてしまうのだ。そんなボクの様子を、岡先生は初めて目《ま》の当たりにした。

「ちょっと話があるから、ついておいで」

掃除中に職員室に呼ばれた。

「何だろう、いきなり怒られるのかな」

などと考えながら、後ろにくっつく。職員室の岡先生の席につくと、先生はどっかと床に腰を下ろした。１m以上あった身長差が縮まり、やっと目線の高さが合う。まともに話をするのは、これが初めてだ。

不思議な機械

先生は、自分の机から機械のようなものを取り出し、床の上に置いてボクに見せてくれた。それはワープロだった。

「掃除、みんなと同じようにはできないよなぁ」

「うん」

「他にも、誰かの助けを借りないとできないことってあるよなぁ」

「うん」

「その分、これを使ってクラスのために仕事をしないか?」

これは、ある意味で高木先生とは逆の考え方だった。「特別扱いはせず、できる限りのことはみんなと同じように」というのが高木先生だとすれば、岡先生は「みんなと同じようにすることができなければ、その他のことで補《おぎな》えばいい」という考え方だ。これは、単に考え方の違いというだけではなく、高学年になるにつれて、まわりの友達が身体的に著《いちじる》しく成長していくので、「みんなと同じ」にできることが少なくなってきたということを配慮してのことだったと思う。

また、岡先生はこのようなことも考えていた。これから毎日の学校生活のなかで、乙武が担任である自分や、クラスの友達の手を借りなければならないことは、山ほど出てくるはずだ。そして、友達は苦もなくそれを手伝うだろう。しかし、「人にやってもらう」という行為を繰り返さなければならない乙武本人は、そのことをどのように受け止めるだろうか。もしかすると自分自身を不甲斐《ふがい》なく思い、気持ちが小さくなってしまうことはないだろうか。

乙武には、「乙武にしかできないこと」があっていいはずだ。周囲に対して引け目を感じてしまいそうになった時、胸を張って「でも、ボクはみんなのために、これをやってるぞ」と言えるような何かをつくってやりたい。そんな気持ちが、ワープロを活用したクラス貢献《こうけん》を発案させたのだ。

この短い腕でキーボードを操作することができるのだろうか。決して機械に強いとはいえないボクでも、このワープロという機械を使いこなすことができるのだろうか。そんなことを考える間もなく、ボクは「やります」と答えていた。ふたつ返事とは、このことだろう。キーを叩《たた》けば文字の出てくる、目の前のこの不思議な機械が、まだ小学生だったボクにとって興味の対象とならないはずがなかった。

翌日、先生は新会社を発足《ほっそく》させた。「OTOHIRO印刷会社」――ボクの名前、「おとたけ ひろただ」を縮めたものだ。大きな茶封筒《ちゃぶうとう》に、会社名がきれいにレタリングされている。

「がんばってくれよ、社長」そう言うと、先生は、封筒を手渡してくれた。以後、原稿の受け渡しには、この封筒が用いられることとなる。

秘書

ボクはと言えば、すでに先生から借りたワープロの虜《とりこ》になっていた。いじっていて、おもしろかったというのもあったが、「先生が、こんなスゴイことを任せてくれた。早く上手になって、先生の役に立てるようにならなくちゃ」という使命感にも似た気持ちの方が強かった。

先生が下書きとして書きなぐった原稿を文章として打ち出し、それらをレイアウトして見《み》栄《ば》えのよいプリントを作成できるようになるまでには、それほど時間を要さなかった。クラスの掲示物《けいじぶつ》、授業で使うプリント、遠足のしおりなど、日を追うごとに「乙武作品」がクラス内に登場する機会が増えていった。

ボクの仕事ぶりは、どうやら先生の期待以上だったようだ。そのうち、他のクラスの先生や、音楽・美術・家庭科の先生方からも仕事を頼まれることになった。岡先生が密《ひそ》かに自慢していたのかもしれない。

「いやー、ウチにはいい秘書がいてね」

今から思うと、普通に掃除をしていたみんなよりも、ボクの方がたいへんな思いをしていたような気もするが、ワープロが楽しくて仕方のなかった当時のボクには、そんなことは少しも気にならなかった。それどころか、本当に手足のない子がワープロでプリントを作成できるのだろうかと、半信半疑《はんしんはんぎ》で依頼してきた先生方に完成品を手渡した時の驚いた顔や、クラスのみんなの「これ、オトがつくったの？　すごいね！」という感嘆《かんたん》の声が、この上なく心地よく感じられた。

岡先生も、初めは不安だったに違いない。最初から、「この子には無理」と、他の子どもたちとは別の仕事を与えてしまうことが、本当によいことだろうかと悩んだはずだ。本人が「差別」と受け取る場合もあるだろうし、他の子どもたちのなかに、「乙武くんは特別なんだ」という意識を植え付けてしまう危険性もある。しかし、岡先生は決断に踏み切った。その背景には、次のような考えがあったろう。

「できること」と「できないこと」をしっかり区別しなければならない。

このことは、ボクのような障害を持った人間が社会に出て、職業を選ぶ際、非常に重要なこととなってくる。「今」だけでなく、遠い将来のことまでも考慮に入れた教育をしてくれたという点では高木先生と同じだ。

何回ものやりとりで、ボロボロになってしまった「OTOHIRO印刷」の封筒。今でも、大切にしまってある。

早朝特訓とミノル

初めての徒競走《ときょうそう》

新しい学年を迎えるとすぐに、運動会の練習が始まる。ボクらの運動会は、毎年5月の開催だ。今までは、徒競走は見学。ダンスのようなものにはなんとか参加。玉入れなどは、かごまで玉を投げることができないため、地面に落ちている玉を拾っては、友達に渡す役目を務《つと》めていた。

ボクが学校生活のなかで最もイヤだったのが、みんながしていることを自分ができないこと。はっきり言って、運動会はあまり好きではなかった。まして、運動会では学年別に席が分かれている。みんなが競技している時に、ポツンと自分ひとりだけが座席で応援しているのは、たまらなく苦痛だった。

そして、5年生。ボクにとって、5回目の運動会が近づいてきた。そんなある日、岡先生が、ボクに相談を持ち掛けてきた。

「今年は、どうする?」

最初は、なんのことを聞かれているのか、分からなかった。

「徒競走、みんなと一緒に走りたいか?」

ボクに、だいぶ体力が付いてきたということもあってか、先生はボクを徒競走に参加させてもいいのでは、と考えてくれていたのだ。ボクは、思わずニヤニヤしてしまった。うれしかったのだ。そして、先生に「ボク、走りたい」と言った。

しかし、100mを走り切るのに、ボクは2分以上かかってしまう。普通なら、遅い子でも20秒程度だ。そこで、先生が「じゃあ、ヒロだけ途中からのスタートにしようか。半分の50mでどうだ」との提案。少し悩んだが、100mを走りきる自信がなく、その距離を走ることとした。

ボクは、岡先生の勇気に敬服《けいふく》する。今まで、ボクが徒競走に参加できなかった理由のひとつに、次のようなものがあった。

ボクがお尻を引きずるようにして走っているのを見た観客のなかから、

「どうして、ああいう子をみんなが見ている前で走らせるのだろうか。かわいそうに。学校は無神経だ」

という声が上がらない保証はない、というものだ。

ボク自身は、そのような考えこそが差別だと感じるが、障害者を見て「かわいそう」と思ってしまう日本では、仕方のないことなのかもしれない。しかし、岡先生はそのような意見に対して、毅然《きぜん》とした態度で立ち向かってくれた。

「大切なのは、観客の気持ちではない」

親友

ミノルという子がいた。彼とは家も近く、大のなかよしだった。とても面倒見《めんどうみ》のいい子で、5年生になってからのボクの世話は、ほとんど彼がしてくれていた。ボクの世話だけでなく、子どもの面倒を見るのも得意で、近所のお母さん方からの信頼も厚《あつ》い。純朴《じゅんぼく》を絵に描いたような、心の優しい子だった。

用賀小学校は、登校時に地域ごとの集団登校をすることになっていたが、ボクの班には6年生がひとりもおらず、そんな時に5年生ながら班長を任せられるのも彼だった。責任感の強い、しっかり者というのが彼のイメージだ。

中学生の時の話になるが、こんなエピソードがある。高校受験を控《ひか》えた3年生の秋。私立高校の受験対策として、校長先生を面接官に見立てた「模擬《もぎ》面接」が行われ、私立高校を受験するしないに拘《かかわ》らず、全員が受けることとなった。

その模擬面接のなかで、「尊敬する人は誰ですか？」という問いがあった。本来ならば、

「両親です」とか、「野口英世《のぐちひでよ》」「ヘレン・ケラー」といった歴史上の人物を挙げるのが「模《も》範《はん》解答」らしいのだが、私立高校を受ける予定がなく、面接の対策など練《ね》っていなかったボクは困ってしまった。少し間をおいて、答えを見つけた。

「クラスメイトのミノルくんです」

校長先生は、予期せぬ答えに動揺《どうよう》を隠せない。

「ん……それは、どうしてですか?」

「ご存じないとは思いますが、彼はとてもすばらしい人間です。ボクらの年代だと、どうしても自分のことだけで精一杯になってしまいがちなのですが、彼は、まず第一に他人のことを考えることができるのです。ですから、ボクは彼を尊敬しています」

面接が終わると、校長先生はボクに言った。

「私も、彼のことは知っていますよ。本当に心の優しい、すばらしい少年ですね」

そんな彼だったが、真面目《まじめ》一本槍《いっぽんやり》のつまらない男というわけでもない。一緒につるんでは、バカなこともしていた。

ボクの家の向かいのマンションにも、もうひとり、なかのよいクラスメイトがいた。彼はミノルとはまた違うタイプの人間だ。常に自分を主張し、持ち前のリーダーシップと目立ちたがり屋精神で、委員などには必ず立候補するクラスの中心人物。猪突猛進《ちょとつもうしん》という言葉がピッタリの魅力的な子だった。彼とミノル、ボクの3人は「1丁目・悪ガキトリオ」と呼ばれ、いつも3人でつるんでいた。ある日、彼が面白い話を持ち掛けてきた。

「神社で縁日《えんにち》があった翌日には、境内《けいだい》にいっぱいお金が落ちてるらしいぞ」

そんな話は聞いたことがないが、言われてみればそんな気もしてくる。

「でも、そのお金を狙《ねら》ってるヤツはたくさんいるから、朝早くに行かなければいけないんだ」

彼は、さらに続ける。ボクとミノルは、彼の話に次第に目を輝かせ、いつの間にか、縁日の翌日に「捜索隊《そうさくたい》」を結成することに決まっていた。

祭りのあとの静けさ。午前6時半ころ。ボクら3人は、コーラ片手に用賀神社《ようがじんじゃ》の境内の石段に腰掛け、仏頂面《ぶっちょうづら》を並べていた。

「何だよ、祭りの翌日にはお金がいっぱい落ちてるって言ったじゃん」

「きっと、神社の奴が朝早く掃除した時に、ぜんぶ拾っちゃったんだよ」

「落ちてたのは、ビンの王冠《おうかん》だけ。このコーラを買ったこと考えれば、マイナスだもんな」

ボヤキ合いながらも、ボクはうれしかった。お金は見つけることができなかったけれど、ボクにはこうして一緒にバカをできる仲間がいるということが、何よりもうれしく、また心強く感じられた。

前置きが長くなったが、運動会に話を戻したい。徒競走に参加することが決まったボクは、「せっかく、徒競走に出してもらえることになったのだから、みんなの前で無様《ぶざま》な走りをすることはできない」と、相変わらずの見栄《みえ》っ張《ぱ》り根性で考えていた。お尻を引きずるようにして走ることしかできないのだから、格好のよい走り方ができるはずなどないのに、子ども心に「みんなの前で、いいカッコをしなきゃ」という気持ちが働いたのだろう。

スポーツ漫画の読みすぎだろうか。すぐにボクは、「朝練《あされん》だ！」と思い立った。今まで、50mという長い距離を走ったことはない。そこで、ボクは早朝マラソンをしてスタミナをつければ、本番でもバテることなく、50mを走り切ることができるのではないかと考えたのだ。

ミノルを誘った。彼なら家も近所だったし、一緒に走ってくれれば何かと心強かった。運動会の2～3週間前から、その「特訓」は始まった。朝6時半に待ち合わせ、近所をグルッと一回り。これだけでも、ボクの足では、30分以上かかる。そして、運動会当日まで、雨の日以外は毎日続けられた。

ボクの自信はみなぎっていた。これだけ練習しているのだから、本番でもきっと立派に走り切ることができるに違いないと。そう考えれば考えるほど、当日が待ち遠しく思えたし、連日の早起きも苦にならなかった。

だが、ミノルはどうだったのだろう。「朝練」との名は付いているが、彼にとっては歩くよりもゆっくりのスピード。しかも、休み休みだ。言ってみれば、早朝に近所の散歩をしているようなもの。はっきり言って、彼にはなんの練習にもならない。

それでも、彼はイヤな顔ひとつ見せなかったし、「これじゃ、俺の練習にならないよ」と不満を漏《も》らしたことも一度だってなかった。6時半に待ち合わせの場所へ行くと、彼は、あたりまえのように立っていてくれた。いつもどおりの笑顔で。

デビュー

当日は、あっという間にやってきた。五月晴《さつきば》れという言葉がピッタリの好天《こうてん》。5年生の100m走が、次第に近づいてくる。ボクの胸は「運動会デビュー」に向けて、高鳴りっぱなしだった。そして、出番。50m地点にラインが引かれ、周囲が「あれ?」というような顔をする。そこへ、ひょこひょことボクが登場。観客が一気にどよめく。なんだか、スターになった気分だ。

ピストルの音とともに、いっせいにスタート。ボクも、50m地点から号砲《ごうほう》を聞いて走り出した。しかし、瞬《またた》く間にその差をつめられ、コーナーを曲がったところで、一気に全員に抜き去られる。先ほども書いたが、100mならば、遅い子でも20秒かからない。つまり、スタート20秒後からボクがゴールするまでは、広い運動場にボクひとり。独壇場《どくだんじょう》となる。「ガンバレ!」。拍手とともに声援が聞こえてきた。拍手の音も、次第に大きくなってくる。なんだか照れくさかったが、やはりうれしいものだ。

残り10mくらいに差し掛かり、さすがにへばってきた。スピードも落ちてくる。そんな時、岡先生の「休むなっ、走れ！」という声が響いた。急に、徒競走に参加できることになった時の喜びが胸に甦《よみがえ》り、最後の力を振りしぼることができた。

みんなよりも20秒以上も遅れてのゴール。しかし、ボクは走り切ったという充実感でいっぱいだった。満場の拍手を受けて、6位の旗のところに並ぶ。6位の列に並んでいる子どもたちのなかで、こんなにも満足気な顔をしていたのは、ボクくらいのものだろう。まるで、1等を取ったかのようだ。

帰り際《ぎわ》、岡先生に「来年も走るか？」と聞かれた。ボクは、なんの迷いもなく、「うん、走る」と答えた。

漢字チャンピオン

ワールドチャンピオン

岡先生は、アイデアマンとして有名だった。教室の入り口を入ってすぐのところに設《もう》けた席に、悪いことをした子を座らせ、反省を促《うなが》す。名付けて、「島流し席」。また、忘れ物をした子には漢字の練習をさせる決まりがあったが、その漢字練習から逃れる方法も用意されていた。何かよいことをした子には「漢字フリーパス券《けん》」なるものが発行され、忘れ物をした際に、この「フリーパス券」を渡せば、漢字練習が免除《めんじょ》されるという仕組みだ。なかでも、とくに趣向《しゅこう》が凝《こ》らされていた漢字テストの手法が、ボクの心をつかんだ。

「漢字世界ランキング」は、漢字テストの点数で順位を競《きそ》うものだが、とくに変わっていたのは、その採点方法だ。普通の漢字テストでは、「店内をカイソウする」という問題が出た場合、「改装」と書けば点数がもらえる。ここまでは同じなのだが、岡先生の漢字テスト用紙には、さらにその下に枠《わく》がある。その枠は、同音異義語《どうおんいぎご》を書き込むためのものだ。例えば、この場合だと、「階層」と書けば10点もらえる。「回想」も書けば、さらに10点といった具合だ。

だから、この漢字テストにおいては、最高得点が100点ではなかった。150点、200点が出るのも日常茶飯事《にちじょうさはんじ》。自分の努力次第で得点が伸ばせるということで、みんな一生懸命に取り組んでいた。

なかには点数を伸ばそうと、おもしろいことを考える子がいた。「シンコウ」という問題が出た時に、「神鋼《しんこう》」と書いたのだが、先生に「そんな字はない」と言われ、×をもらった。しかし、その子は「先生、『神戸製鋼《こうべせいこう》』の略ですよ。先生は、ラグビー見ないんですか」と食い下がる。これには、ボクらだけでなく先生も大爆笑だった。

みんなが、そんな調子だったことで、困ったのは先生だった。採点する際に、本当にこんな字があるのだろうかと、いちいち辞書で調べる必要が生じてきたのだ。とくに、同音異義語が多そうな問題が出された時には、祭典《さいてん》、いや採点にかかる時間は相当なものだった。感想、乾燥、完走、歓送、間奏……。

5回のテストが終わった時点で、総合得点がトップの子が、晴れて「ワールドチャンピオン」の座に就《つ》くことができる。そして、そのチャンピオンは常にボクだった。他の子に比べて、放課後の時間を家で過ごすことが多いボクにとって、丹念《たんねん》に辞書を使って調べることを必要とする「漢字世界ランキング」は得意とするところだったのだ。また、人に負けることを何よりも嫌う性格が、ボクの意欲をよりいっそう、かき立てた。

この漢字テストは、「調べる」ことと「暗記する」ことのふたつで優劣《ゆうれつ》が競われるのだが、手持ちの国語辞典では、まわりの子にたいして差を付けることができなかった。掲載されている熟語の量が、あまり多くない。そんな時、ある新聞広告が目に留《と》まった。ボクの目が釘《くぎ》付《づ》けになる。

一目《ひと》惚《め》れ《ぼ》だった。その『大辞林《だいじりん》』と名付けられたお宝は、厚さ10㎝以上はあろうかという、スーパー辞書。「これなら、どれだけの熟語が載《の》っているだろう」と、その時のボクは、店頭で分厚《ぶあつ》いステーキを見てタメ息をついているような感覚に陥《おちい》った。

しかし、値段もケタ外れ。5800円という値段は、小学生のボクにとって、とてもではないが手の届く範囲ではない。だが、漢字の女神はボクを見捨てなかった。その頃は、ちょうど息も白くなり始めた12月。クリスマス・シーズンが到来《とうらい》するところだった。祖母からの「ヒロちゃん、今年のクリスマスプレゼントは何がいい？」との問いに、なんの迷いもなく『大辞林』と答える。クリスマスプレゼントに辞書を欲しがるなんて、何て勤勉《きんべん》な孫だろうと思われたかもしれないが、ボクにとって漢字テストは遊びの一種、ゲームのようなものだった。よって、この分厚い辞書も、勉強道具としてではなく、少し高価な「おもちゃ」という感覚でおねだりしたように思う。

そして、その「おもちゃ」を手にしたボクは、漢字テストにおいて、盤石《ばんじゃく》の地位を誇《ほこ》るようになった。

他人には負けないもの

チャンピオンの座を保持し続けてはいたが、常に2位につけ、ボクの座を脅《おびや》かし続ける子がいた。そのライバルは、クラス一の秀才。ふだんはおっとりとした口調で、休み時間にも教室で本を読んでいるような子だったが、いざ口を開くと女の子とは思えないほどの気の強さで、男子からも恐れられているような子だった。

ある日、そんな彼女が「宣戦布告《せんせんふこく》」をしてきた。「この次は、絶対にオトなんかには負けないんだからね」と言う。どうやら、岡先生が、いつまでもボクにデカい顔をさせておくなという意味の発破《はっぱ》をかけたらしい。ボクも相当の負けず嫌い。受けて立った。

「ボクは、次も絶対にチャンピオンになるよ」

「そうはいかないわよ。私はオトになんか、何だって勝てるんだから」

「いや、ボクには誰にも負けないものがひとつある」

「何、それ？　勉強だったら、私も負けないわよ」

「ううん、そんなことじゃない」

「じゃあ、何？」

「ボクには手と足がないこと」

決して、悔《くや》し紛《まぎ》れに発した言葉ではなかった。ボクは、手足がないからボクなんだ。そして、誰も「ボク」になることはできない。子どもながら、そんな自負《じふ》が芽生《めば》えていたのかもしれない。

その頃、国語の時間に「特徴」と「特長」の違いについて学んだ。「特徴」は、「他と比べて、とくに目立つ点」という意味を持つのに対して、「特長」は、「そのものを特徴づける長所」という意味を持っていた。つまり、「特徴」は単なる違いだけを表すが、「特長」は他とは違う、「優《すぐ》れた部分」を表すのだ。

その日以来、ボクは自己紹介などで「特徴・手足がないこと」と書いていたのを、「特長」と書くようになったのを覚えている。

——ボクには、人に負けないものがある。それは、手足がないこと——この言葉の意味を理解できる人は、そう多くはないだろう。しかし、彼女は少し時間をかけて、その言葉を理解してくれたようだった。

スーパービート板

水がコワイ

6年生の夏、水泳記録会が控えていた。学年全員が25mを完泳《かんえい》することを目指している。それは、このボクも同じ。だが、その道のりは、決して平坦《へいたん》なものではなかった。話を小学校1年生の6月に戻したい。入学してから、体育、遠足、運動会など、次々と新たな問題にぶつかっては、それをクリアしてきた高木先生。次に待ち構えていたのは、「水泳」という壁だった。

当時のボクの身長は70㎝強。1m以上の深さがあるプールなど、とてもではないが足がつかない。つまり、ひとりでプールに入ることはできないのだ。

そこで、高木先生は考えた。水泳を見学させるか、参加させるかを考えたのではなく、どのようにしてプールに入れるかを考えた。そして、先生が出した結論は、先生自身がボクを抱いてプールに入るというものだった。体力的な負担を考えれば、とてもできることではなく、校長先生も「たいへんだよ、疲れるぞ」と心配していたが、高木先生は「担任のすべきことですから」と意志を曲げなかった。

こうして、ボクのプール参加が決まったのだが、ボク自身は、うれしさ半分、不安半分といったところだった。以前にも書いたが、ボクは小さい頃から危険だと感じることに対しては、とても敏感《びんかん》だった。校庭で子どもたちが密集しているところには決して近寄ろうとしなかったし、どんなに喉《のど》が渇《かわ》いていても、水飲み場が込んでいれば我慢をするような子だった。まして、足の立たないプールに入るなど、この上ない「危険」だ。また、ジャガイモのような丸っこい手では、水のかかった自分の顔をぬぐえないということも、水に対する恐怖心をかき立てた一因だったかもしれない。とにかく、みんなと一緒にプールに入れるという喜びと、プールがコワイという気持ちとが同居していた。

プール開きの日。「プールには先生と一緒に入ろうね」と約束していたのだが、その日は結局、入ることができなかった。水着に着替えてプールサイドまでは行ったのだが、やはり、怖かったのだ。先生がプールのなかから、「少しでいいから、みんなと一緒に入ろうよ」と何度か手招きをしてくれたが、最後まで「イヤイヤ」をしていた。

先生も、ボクの恐怖心は十分に理解してくれていたが、どうしてもボクをプールに入れようとした。そして、自分の力で浮くところまで上達させようと考えていた。先生が危惧《きぐ》していたのは、「水の事故」。もし、万が一のことがあっても、自分の力で浮くことができれば、誰かの助けが来るまで耐《た》えられるのではないかと考えたのだ。そこで、プールでの特訓の必要性を感じていた。

やった、浮いたぞ

その次の回からプールに入るようになった。まず、先生の腕に抱かれて、水に浸《つ》かるところから。これは、あまり怖くない。そして、次に顔を浸ける。口までは平気だが、鼻から上に水が来ると、一気に恐怖心が募《つの》る。しかし、なんとか先生の手を借りて、潜《もぐ》るところまではできるようになった。いよいよ、浮く段階だ。

先生の手に支えられて、水の上に仰向《あおむ》けになる。恐怖心からか、手や足に力が入り、体が縮こまってしまう。促《うなが》されて手足をまっすぐに伸ばすと、先生の手が下にあるものの、浮いているような感覚になる。しかし、ここまで。先生が、「手を離していいか?」と聞いても、「ダメ」と言って、絶対に離させようとはしなかった。

しかし、水の上にうつぶせになり、顔を水に浸ける練習をしている時、先生が支えている手をパッと離した。何分の一秒という短い時間だったが、たしかに、浮いた。

「乙武、浮いたぞ」

先生が盛んに繰り返す。徐々に手を離す時間を延ばしていく。1秒が2秒、2秒が3秒。

最後には、10秒以上も浮くことができるようになった。だが、息継《いきつ》ぎをしようと顔を横に向けると、バランスを崩《くず》しクルッと体が一回転してしまう。問題はそこからだった。

やはり、何度練習をしても息継ぎができない。そこで、息の続く限り、自分の力で前に進む他ないということになった。しかし、前に進むといっても、手で水をかくことができない。手よりは少し長い足を必死にバタつかせるしかなかったが、これもうまくいかない。ボクの両足は長さが違うために、両足をいくら動かしても、大きく曲がってしまうか、ひどい時にはその場でグルグルと回転してしまうのだった。

6m。ボクが5年間かけて泳げるようになった距離だ。そして、6年生の夏を迎えた。

彫刻の時間

水泳記録会は、なんとしても25mを泳ぎ切らなくてはならない。25m泳げない他の子も、途中で立ったりしながら泳ぎ切るのだ。しかし、ボクは「立つ」ことができない。そこで、今年は補助具《ほじょぐ》を使っての25m完泳を目指すこととなった。最初に使ったのは、ヘルパーと呼ばれる、浮力《ふりょく》のあるダンゴが何個もくっついたようなもの。これを腰《こし》に巻いたのだが、頭が下がって、腰だけが浮いてしまいNG《エヌジー》。次に、ビート板にチャレンジ。しかし、これもダメ。ボクがビート板の上に乗っかると、見事に「沈没《ちんぼつ》」してしまう。ボクの体重を支えるには、浮力が小さすぎるのだ。

途方《とほう》に暮《く》れるボクらの耳に、おもしろい情報が入ってきた。「浮き島」という名の120cm四方のバカでかいウレタンマットがあるという。これなら、ボクを支えることができるかもしれない。

さっそく、岡先生が買ってきてくれた。本当に大きくて、教室でも、やけにスペースを必要とする代物《しろもの》だった。ボクらは、それをプールサイドに持ち込み、「彫刻《ちょうこく》」を始めた。

彫刻刀《とう》となるのは、カッターや出刃包丁《でばぼうちょう》。これを扱うのは先生だ。そして、「助手」を務める子どもたちが、先生の指示にしたがって作業を進める。

先生「いいか、マサヒロ。そっち持っててくれ」

マサヒロ「先生、カッコいいの作んなきゃダメだよ」

まず、前面を流線形《りゅうせんけい》に削《けず》り落とす。水の抵抗《ていこう》を少なくするためだ。次に、後ろの部分を体に合わせながら削る。腰から下を大きく振って前に進むため、このウレタンマットに乗せる部分はお腹《なか》から上だ。実際に、何度も乗ってみながら、体にフィットさせる。

先生「よし、ススム。ヒロをこれに乗っけて、試してみよう」

Tシャツを脱《ぬ》ぎ、ススムがジャボンと水に飛び込む。マットの上にボクを乗せ、そうっと後ろから押す。

ススム「まだダメだ。これじゃ、重心が前すぎて、また沈没しちゃう」

何度も調整を繰り返し、ようやく完成という時、困ったことが生じた。

ミノル「先生、こんなのっぺらぼうのマットじゃ、手のないオトには支えられないよ」
一同「アッ」
そこで、岡先生はマットの左右にふたつ、丸い穴をくりぬいた。まるで、目が描かれたようで、マットが人間の顔のように見えてきた。そして、その穴に手を突っ込めという。なるほど、そこに手を差し込んでおけば、マットとボクが分離されてしまう心配がなくなる。
こうして、この夏のボクの相棒《あいぼう》が誕生した。名付けて、「スーパービート板」。

オバサン、泣いてるよ

9月9日。ついに、水泳記録会の日がやって来た。この水泳記録会は、近隣《きんりん》3校の合同で行われるため、他の小学校の子も見ている。カッコいいところを見せなくては、と意気込んでいた。

「25m自由形・男子」アナウンスが流れると、緊張が高まっていく。いよいよ、相棒との特訓の成果を見せる時だ。しかし、いくら「自由形」と言っても、自家製《じかせい》のビート板を持ち込んで泳ぐなど、前代未聞《ぜんだいみもん》だろう。そして、あっという間に最終組が呼ばれた。出番である。

「19組　1コース　乙武くん　用賀小」

ひときわ大きな歓声が上がる。なんだか、恥ずかしい。飛び込み台に上がると、鼓動《こどう》がいちだんと高まるのを感じる。「パン！」心地のよい音と同時に、水面に真っ逆さま。初めての人が見たら、間違えて落ちてしまったのではないかと思うかもしれないが、この夏にずっと練習を重ねてきた、立派な「飛び込み」だ。

いったん沈んだ体が浮き上がってから、ひとかき、ふたかき。そして、先にプールのなかで待ち構えていたミノルとススムがボクをすくい上げ、スーパービート板に乗せる。「さあ、行ってこい」と言わんばかりに、グイッと押し出す。長旅の始まりだ。

いつものように、なかほどまでは順調なペースだった。しかし、水が冷たい。足が思うように動かなくなってくる。他の子は、どんどん先へと行ってしまい、広いプールにたったひとり。「静寂《せいじやく》」という言葉がピッタリだった。

しかし、突如《とつじよ》その静寂が破られる。大きな歓声と拍手。しかも、それは他の2校からのものだった。スタート台から飛び込み、ビート板を操《あやつ》り水面を進むボクにあっけに取られていたのが、ようやく我に返ったような感じだった。他校の生徒に応援されるというのは、うれしいけれども、なんだか不思議な気分になる。

1分57秒。ようやく25mを泳ぎきった時には、2分近い時間がかかってしまっていた。しかし、他の2校からはあらためて拍手が送られる。なかなか止《や》むことのない、最大級の拍手だった。そんななか、ボクのクラスメイトは、岡先生にこんな報告をしていた。

「ほら先生、あそこのオバサンたち、泣いてるよ」

その目は、いかにも不思議なものを見るような目だった。先生は、そのことが何よりもうれしかったと言う。この子どもたちは、乙武をただのクラスメイトとしか見ていない。そして、乙武が25ｍを泳ぎきったことも、彼らにとっては大したことではなく、自分たちの仲間が自分たちと同じことをしただけという感覚なのだ。

そこで、先生自身も「その身体《からだ》で、よくそれだけのことをやった」とボクを抱き上げたい気持ちを抑《おさ》え、大声で怒鳴っていた。

「1分57秒？　いつもより、ぜんぜん遅いじゃないか」

だが、その言葉の裏には、心からの祝福の気持ちが込められていた。

「おめでとう。オマエを特別視することのない、本当の仲間を得ることができたんだ」

障害者は救世主《きゅうせいしゅ》

迷惑？　足手まとい？

多くの人に支えられ、多くの人に見守られ、6年間を過ごした。ボクが、この間に得たものは計り知れない。普通教育を受けることができて、本当によかったと思っている。

ボクは、養護学校を否定するつもりはない。障害の度合い、症状によっては、特殊な教育を必要とする場合もあるだろう。だが、あくまでも重要なのは、「その子にとって、本当に特殊な教育が必要なのか」という点なのだ。

当時は、障害を持っているだけで「養護学校へ」、もしくは「特殊学級へ」とあたりまえのように分類されていった。「障害を持った人間が普通教育を受けるのは無理」という固定観念からのことだ。しかし、単に障害者だからといって特別な教育が必要なのかというと、決してそんなことはない。

確かに、障害を持った人間が、一般社会（この場合は普通学校）のなかに飛び込んでいけば、ひとりではできないことがたくさん生じてくるだろうし、周囲に迷惑をかけることも出てくるはずだ。だが、小学校時代を思い出してみてほしい。勉強の苦手な子がいれば、得意な子が教えてあげていた。逆上《さかあ》がりのできない子がいれば、できる子が教えてあげていた。

それと同じ感覚でいいのだ。足の不自由な子がいれば、車椅子を押してあげればいい。耳の聞こえない子がいれば、隣の子が代わりにノートを取ってあげればいい。それだけで、「障害者」と一括《ひとくく》りにされている人たちも、普通の教育が受けられるのだ。

だが、今でも障害を持つ子の親が普通教育を希望すると、「あなたのお子さんのような子どもたちのための学校が用意されているのに、どうして、そちらへ行かないんですか」と強く養護学校を勧《すす》められる。この理由のひとつには、他の子どもの保護者から非難の声が上がることへの危惧《きぐ》がある。「障害を持つ子がクラスのなかにいると、先生の注意がその子にばかり注がれて、他の子どもたちへの対応がおろそかになるのではないか」といった意見が、その最たるものだ。

障害者がクラスにいると、まわりの迷惑となる、足手まといになる。その考え方は、果たして真実を伝えているのだろうか。

○×《マルバツ》ゲーム

4年生の運動会で、棒体操が行われた。棒をモチーフとしたダンスで、ふたりで1組のペアになって踊る。昨年までのこのような機会では、ボクのペアの相手は、必ず高木先生だった。

しかし、4年生になった今年は、子どもたちの方から「オトちゃんの相手は、ボクたちがします」と言ってくれた。もちろん、ボクとペアを組んだ相手はスピードもゆっくりになり、できない部分も出てくる。自分を抑えなければならなくなるわけだから、先生はボクを子ども同士で組ませてよいものか迷ったそうだ。だが、せっかく子どもたちの方から言い出してきてくれたことだからと、任せてくれることとなった。

運動会の終了した4日後、保護者会が開かれた。その会で、ボクとペアを組んだ子のお母さんが、こんな感想を述べている。「うちの子と乙武くんをペアにしていただいて、本当にありがとうございました。一緒に踊《おど》ったり、最後に車椅子を押して運動場を1周したりと、感激で言葉もありません。うちの息子は、本当に幸せ者です」と、何度も繰り返していたという。

ボクと組ませたことで叱責《しっせき》されこそすれ、感謝の言葉を言われるなんて思ってもみなかった先生は、思わず面食らってしまったらしい。それだけ、他の保護者の方々は、ボクのことを温かく見守ってくださっていたのだろう。

家庭訪問で他の子どもたちの家を訪れても、ボクが話題に上る機会が多かったそうだ。

「乙武くんがこのクラスにいるということは、周囲にとって、とてもプラスになっていますね。うちでも、『乙武くんは、体が不自由なのにあれだけ頑張っているのだから、あなたも頑張りなさい』と、ついつい引き合いに出してしまうのですよ」

こんなこともあった。高木先生が出張で不在の時、隣のクラスの先生が代わりに体育の授業をしてくれた。「体育倉庫からボールをひとつずつ持ってらっしゃい」と言うと、何人かの子が、両手にボールを抱えて戻ってきたという。先生が、「何してるの。ボールはひとり1個って言ったでしょ」と注意すると、「乙武くんに持って来てあげたの」と答えたそうだ。

その後、順番に交代しながらボクのボールの相手をする子どもたちを見て、その先生は高木先生に、「1組の子どもたちは、みんなとても親切な子たちなのですね」と報告した。もちろん、高木先生は、鼻が高かったに違いない。

2～3年まえに行われた6年1組の同窓会の席上で、岡先生から言われたことがある。

「ヒロがいてくれたおかげで、困ってる子がいたら自然に助け合いのできる、優しいクラスに、すばらしいクラスになったんだ」

これは、岡先生特有の、ボクに劣等感《れっとうかん》を感じさせないための優しさだったのかもしれない。だが、まったく的外《まとはず》れなことでもないように思う。保母をしている友人から、こんな話を聞いたことがある。

「この春から、ダウン症の子を受け持っているの。やはり、最初のうちは子どもたちもビックリして、その子を遠巻きにしていたのだけれど、1～2ヵ月と経っていくうちに、その子を中心としてクラス全体に優しい気持ちが芽生《めば》えるようになったの」

ここに挙げた例だけでなく、このような話はあちこちで耳にする。障害を持っている子がクラスにいると、そのクラスは必ずと言っていいほど、すばらしいクラスになるようだ。

そして、用賀小学校では、その効果はクラス内だけにとどまらなかった。ボクが入学したばかりの4月。毎年恒例の「1年生を迎える会」の準備が進められていた。企画を担当していた6年生たちが、決まったことを先生方に報告する時に、こんなやり取りがあったそうだ。

「今年のゲームは、○×ゲームをすることにしました。○だと思う人は首を縦に振り、×だと思う人は首を横に振ります。内容は……」

「チョ、チョット待って。何百人もいるんだから、そんなんじゃ、誰が正解したか分からないんじゃないの」

と、先生が遮《さえぎ》る。

「でも、先生。今年は乙武くんがいるでしょ。乙武くんは、こうしないと参加できないでしょ」

あたりまえのことのように言う子どもに、先生方は顔を見合わせ、しばし返す言葉がなかったという。

目の前にいる相手が困っていれば、なんの迷いもなく手を貸す。常に他人よりも優れていることを求められる現代の競争社会のなかで、ボクらはこういったあたりまえの感覚を失いつつある。

助け合いができる社会が崩壊《ほうかい》したと言われて久しい。そんな「血の通《かよ》った」社会を再び構《こう》築《ちく》しうる救世主《きゅうせいしゅ》となるのが、もしかすると障害者なのかもしれない。

第2部

中学・高校・予備校時代

全《ぜん》力《りょく》疾《しっ》走《そう》

ドリブルの名手!?

ウヘッ……!!

中学への進学が最もスムーズだったような気がする。用賀小学校から用賀中学校へ、慣《な》れ親しんだ級友と共に地元公立校への進学というのは、やはり心強いものだ。中学校側からもとくに反対はなく、すんなりと受け入れてもらうことができた。小学校の高学年からは付き添《そ》いもなく、人一倍、楽しそうに学校生活を送っていたのが、中学校側から評価されたのだろう。

さて、中学といえば部活《ぶかつ》。中学校は、本格的にクラブ活動が始まる時期だ。一体、ボクがどんなクラブに所属《しょぞく》していたのか。想像するのはむずかしいかもしれない。両手も両足もない。電動車椅子に乗っている。これだけ重度の障害を持っていれば、クラブ活動には参加せず、家に帰って本を読むだとか、入ったとしても、あまり体を動かすことのない文化系のクラブに入るのが一般的だろう。しかし、彼は何を血迷ったのか、ナ、なんとバスケットボール部に入部したのだ！

入部の動機は、いたって単純。中学・高校くらいまでだと、元気で活発な子は運動系のクラブへ、真面目でおとなしい子は文化系のクラブへと分かれていく。ボクの友達には元気で活発（で先生に叱《しか》られる？）なヤツが多く、ほとんどの友達が運動系のクラブへ入部していたので、「友達が入っているのだからボクも」と考えたのだ。ん～、何て単細胞《たんさいぼう》……。〈入りたい→入部〉の過程に、「やっぱりボクには無理だろうか」とか、「まわりのみんなに迷惑がかかるかもしれない」という考え方が、すっかり抜け落ちてしまっていた。

まず、この「マグニチュード7・8」の激震《げきしん》は乙武家を襲った。問題児の突飛《とっぴ》な行動に慣らされ、ちょっとやそっとのことでは驚かなくなっていた両親も、さすがにこの時ばかりは驚いた。呆《あき》れた。

父「ウヘッ……!!」

母「どういう精神構造をしているのかしら、うちの息子は」

ボクが生まれた時、両親は「強い子に育てる。障害を盾《たて》に逃げるような子だけにはしない」と教育方針を定めたが、この時ばかりは「やりすぎたか」と反省したとか。

しかし、この問題児、何を言っても決心を変えない。困り果てた両親は、教頭先生に電話で相談した。

母「あの〜、先ほど息子が学校から帰ってまいりまして『バスケ部に入部してきた』と言ってケロッとしているんですが……」
教頭先生「え〜、ま〜、顧問《こもん》の先生とも相談したんですが、ご本人がやりたいとおっしゃっていることですし……」
母「他の生徒さんにも、ご迷惑が……」
教頭先生「まぁ、試合に出るわけでもありませんから……」

監督

「ピーッ!」審判《しんぱん》の笛《ふえ》が鳴り響く。

「選手交代、用賀。ナンバー8」

相手チーム、観客がいっせいに用賀ベンチを振り返る。が、誰も立ち上がろうとしない。監督だけが不敵《ふてき》な笑みを浮かべている。ふと視線を下に移すと、ズリズリとお尻を引きずりながら出てくる選手が。出てしまったのだ、試合に!

出る方も出る方だが、出す方も出す方だ。顧問の先生は、一風《いっぷう》変わった、いや、かなり変わった先生だった。一言で言うならば愉快《ゆかい》、豪快《ごうかい》。坊主頭《ぼうずあたま》にヒゲをたくわえ、熊《くま》のような巨体を揺《ゆ》らし、のっしのっしと歩く。授業中、ぼんやりと外を眺《なが》めていると、なぜか太極拳《たいきょくけん》のような構《かま》えをしている人影が。われらが監督だった。とにかく既成《きせい》の枠《わく》にとらわれない、用賀中の誇る「名物」先生なのだ。

だが、奇抜《きばつ》なだけではない。何があっても動じない。何事も受け止めることができる。その懐《ふところ》の広さも、この先生の持ち味だ。学校側も、バスケ部の顧問がこの先生だったからこそ、「乙武入部」を認めてくれたのかもしれない。

話は前後するが、「入部したのはいいけど、一体どうやってバスケするんだ」と、不思議に思われるだろう。シュートが打てるほど高くまでボールを放《ほう》ることはできなかったが、小学校時代のドッジボールで鍛《きた》えた（?）肩で、ある程度の距離にいるチームメイトへパスを投げることはできた。だが、それだけで試合に出ることはできない。ボクには「売り」があった。

それは、ドリブルだ。「車椅子バスケット」というスポーツがあるくらいだから、車椅子に乗ったままのドリブルを想像されるかもしれない。だが、ボクの場合は違った。車椅子から降りて、自分の足で動く。もともと、すばしっこさには自信があった。ちょこまかとした動きは、お手のもの。あとは、その動きにボールを組み合わせればよいのだ。言い換えれば、ボールをつきながら、いかにスピードを落とさず、すばやい動きができるか。これが課題だった。

まずは、ボールを正確につく練習から始めた。「ダムダムダムダムダムダムダム」なかなかむずかしい。普通の人がボールをつく場合、腰よりやや低い位置で行うので、ボールが地面について跳《は》ね返ってくるまでに、若干《じゃっかん》の余裕《よゆう》がある。ところが、ボクの場合は普通の人のふくらはぎくらいの位置でドリブルをするため、ボールが地面についてから返ってくるまで、わずかな時間しかない。そのため、人一倍、腕を動かし続けていなければならない。これがたいへんだった。

次に、動きながらのドリブル。これが、またむずかしい。ようやく、まともにつけるようになったボールも、いざ自分の体も動かす段階となると、なかなか言うことを聞いてくれない。自分の足にぶつけたり、あさっての方向へ転がしてしまったりと悪戦苦闘だ。しかし、少しずつ練習の成果が現れはじめ、いつの間にか、走る時とほとんど変わらないくらいのスピードでドリブルができるようになっていった。

「百聞《ひゃくぶん》は一見《いっけん》に如《し》かず」とは、よく言ったものだ。いくら微《び》に入り細《さい》に入り説明しても、なかなかイメージがつかみにくいのではないかと思う。みなさんの前で実演できないのが本当に残念!

特訓の日々

その上達ぶりにチームメイトも驚きはしていたが、彼らは小学校の頃からボクを見てきたので、これくらいのことはやるかもしれないと予想はしていたようだ。むしろ驚いたのは先生の方だった。バスケ部に入りたいと言っても、まぁ体を動かす程度だろうという腹《はら》づもりだったはずだ。しかし、ここからの先生の反応が素晴らしかった。
先生「乙武、だいぶ上手になったな。先生もビックリしたよ。ただ、左手だけじゃなく、今度は右手でのドリブルも練習してみたらどうだ」
乙武「利《き》き手の左でも、やっとうまくつけるようになったばかりなのに、右手でなんて無理ですよ。やったことないですし」
先生「だから、練習するんじゃないか」
　なるほど、言うとおりだ。「まず、やってみる」がボクの売りなのに、先生にお株を奪われてしまった。今度は右手で、一から出直しだ。まずは、ただボールをつくだけの練習。ふだん使うことの少ない右手だと、この段階ですでに苦しい。まっすぐにボールをつけないのだ。ようやく、できるようになると、今度は体を動かしながら。左手でボールを扱っている時とは、まったく勝手が違う。ちっともボールが言うことを聞いてくれないし、動きもぎごちない。左の時ほど、上達も早くない。
　また、ボールと格闘する日々が続いた。次第に右手でボールを扱うことにも慣れ、左右どちらでもドリブルができるようになった。とにかく先生に見てほしかった。最初は、まともにボールをつくことすらできなかった右手で、今ではドリブルができるようになったのだ。その進歩に、自分自身が舞い上がっていたのかもしれない。右でのドリブルを、先生の前で得意気《とくいげ》に披露《ひろう》した。しかし、先生の示した反応は意外なものだった。

先生「よし、いいぞ乙武。今度は左右のドリブルを続けてやってみろ。その切り返しをすばやくするよう練習するんだ」
先生「相手が右から来たら左でドリブル。左から来たら右でドリブルだ。その切り返しを早くすれば、相手がボールを取りにきても、そう簡単には取られないぞ」
乙武「……?・?・?・」
　相手がボールを取りにくる? そんな相手、どこにいるんだ。アッ、そうか試合か。先生は、この課題がうまくできるようになれば試合に使ってくれるつもりなんだ。
　猛特訓をした。左から右へ。右から左へ。すばやく体を入れ替える。その間に、スピードが落ちないようにしなければならない。「相手」を意識して、ボールと反対側に体を回すようにも心がけた。やはり、右でのドリブルがネックになり、なかなかうまくいかない。体を入れ替える時に、どうしてもボールをこぼしてしまう。単調な練習に飽《あ》きることもあったが、決して投げ出すことはしなかった。
「試合に出てみたい」その一心からだ。今から考えると、ただの思い込みだったのかもしれない。先生は試合のことなどは頭になく、ただ単にボクを飽きさせないよう、新たな課題を与えただけだったとも考えられる。それが、ボクがあまりにも「試合、試合」と意気込《ご》んでいるものだから、ついに出さざるをえなくなったというのが事実だったとしたら、苦笑せずにいられない。

秘密兵器

真相がどうであれ、出てしまえばこっちのもの。やはり試合に出るのは気持ちのいいもの。バスケを少しでもかじったことのある方なら分かると思うが、ドリブルというのは低ければ低いほど、相手は取りにくいものだ。ボクがドリブルをすれば、必然的に相手の膝《ひざ》よりも低い位置になる。名付けて「超低空《ちょうていくう》ドリブル」だ。

相手チームは、度肝《どぎも》を抜かれただろう。「こいつ、まともに歩けるのか」くらいにしか思っていなかったヤツが、なんとドリブルを始めてしまうのだ。しかも、自分の膝よりも低い位置を駆《か》け抜けてゆく。まごついている相手の横（下？）をすり抜け、得意のドリブルで敵《てき》陣《じん》まで攻め上がる。これが、ボクの役目だった。

キャプテンは、3ポイント・シュートのとてもうまい男だった。彼が相手のマークを振り切って、ボクのパスの届く範囲まで来てくれる。ボクはディフェンスにカットされないよう、彼にパスを送る。ボールを受け取った彼が、振り向きざまにシュート！　これで3点獲得。自称「秘密兵器」の大活躍だ。

しかし、秘密兵器などと名乗っていても、少しでも強いチームが本気になってボールを奪《うば》いにきたら簡単に取られてしまうし、ディフェンスなどはザル同然。事実上、4対5で戦っているようなものだ。それにもかかわらず出場機会を与えてくれた監督にはもちろん、チームメイトに心から感謝したい。実は、ボクが「バスケ部に入部したい」と言い出した時、先生に「ボクたちで面倒を見るから」と説得してくれたのは彼らなのだ。

練習中も迷惑をかけた。体育館の隅《すみ》でボクがドリブルの練習をしていたボールがコートの方へ転がってしまい、何度、彼らの練習を妨《さまた》げてしまったことだろうか。試合だって、ボクが出場すれば戦力が落ちることは誰が考えたってわかること。しかし、彼らは嫌な顔ひとつ見せない。

「さぁオト、落ち着いて行こう。後ろから俺たちがフォローするぞ」と必ず声を掛けてくれた。後輩たちだって、試合に出たかったに違いない。だが、その気持ちを抑えて、一生懸命ボクを応援してくれた。試合会場までの送り迎えをしてくれる後輩もいた。

こんなワガママで、ムチャクチャな願いを聞き入れてくれ、楽しいクラブ活動の思い出を作れたのも、みんなの協力があってこそ。ボクの試合出場、それは即ちチームワークのよさの象徴《しょうちょう》だと、心から誇りに思える。

卒業アルバムを開くと、8番のユニフォームを着てにっこり笑っているボクがいる。この笑顔、みんなからの贈り物だ。

お祭り男

アイツとの勝負

「お祭り男」と、よく言われる。たしかに祭りは大好きだ。地元の神社で行われる縁日《えんにち》には必ず行ったし、笛《ふえ》や太鼓《たいこ》の音を聞くと鼓動《こどう》が高まるのを感じる。

本当の祭りだけでなく、「お祭りごと」も大好きだ。花見、誕生日、遠足、花火大会、学芸会、クリスマス、お正月……学校の行事であろうがなかろうが、「イベント」と聞くと、どうしても血が騒いでしまう。

中学校の行事といえば運動会に文化祭。このふたつが2大イベントだ。さすがに運動会では、気分は盛り上がっても体がついていかない。障害者が運動会で主役の座を勝ち取るなんて、夢のまた夢だ（保護者の声援と拍手を得るということに関して言えば、「主役」だったかもしれないが……）。そこでボクは、文化祭に照準《しょうじゅん》を絞《しぼ》った。文化祭に関わりたい。文化祭を創《つく》りたい。そして何より、文化祭を楽しみたい、そう思った。

文化委員というのが各クラスから男女1名ずつ選ばれる。体育委員が運動会や球技大会など、スポーツに関する行事を準備するように、この文化委員が文化祭、卒業生送別会、新入生歓迎会など文化系行事に携《たずさ》わる。さらに、その上に文化委員のまとめ役として「文化実行委員」というのがいて、各学年から男女1名ずつ選ばれる。文化委員が学級会で選ばれるのとは違い、この文化実行委員は学年ごとに行われる選挙で選ばれる。ただ自分が「なりたい」と思っただけではなれないのだ。ボクはこの文化実行委員に立候補した。1年生の後期のことだった。

ライバルは、向かいのマンションに住むアイツ。縁日の翌日に、お金を拾いに行こうと提案した「1丁目・悪ガキトリオ」のひとりだ。運動もできれば勉強もできる。運動会では応援団の団長を務めるなど、強力なリーダーシップの持ち主で、なかなかの強敵だ。彼とは小学校時代から学級委員を争ってきた仲。お互い「目立ちたがり屋」根性では、一歩もひけをとらない。雌雄《しゆう》を決する時が来た。

ほんの十数票。わずかな差だった。彼が勝っていても、おかしくなかった。ボクは、この日のことを今でも覚えている。放課後、祈るような気持ちで結果を待っていた。彼も同じだ。開票。当選したのはうれしかったけれど、やっぱり複雑だ。正々堂々と闘ったけれど、なんだか彼に悪い気がする。

家は近所。当然、帰り道は一緒だ。突如、彼の一言がボクを不意打ちした。

「今日、オマエん家に遊びにいくよ」

ホッとした。うれしかった。家に着いた時のことは、さらに鮮明に覚えている。

「おばちゃん、オトに負けちゃったよ。ほんのチョットの差だったんだ。悔しいな」

「それなのに遊びにきてくれたの？　いいわねぇ、男の子は、サッパリしてて」

違うよ、男だからサッパリしているわけじゃない。アイツがボクの気持ちを察してくれたんだよ。自分の悔《くや》しい気持ちを抑えてまで。アイツ、今頃どうしてるかな。あの頃からの夢だった医学部には進んだのかな。だいじょうぶ、オマエだったら、きっといいお医者さんになるよ。

立候補

文化実行委員の仕事は思っていた以上に楽しかった。看板を作ったり、ポスターを塗《ぬ》ったり貼《は》ったり。作業は放課後。必然的に先生と親しくなれた。文化祭などの行事に積極的に関わるのは若い年代の先生が多かったので、友達感覚で話すことができた。夕方遅くまで残って作業をしていると、目の前に出前のラーメンが！　なんと教頭先生からの差し入れ、な～んてこともあった。また、文化実行委員は各学年から選ばれているため、先輩と接する機会も多い。中学の頃の1学年の差というのは、驚くほど大きい。えらく「お兄さん、お姉さん」に見えたものだ。それだけに得るものは大きかった。

でも、何か物足りない。次第にそう思うようになった。ボクらは、そのイベントで何をするかが決まった段階で初めて参画《さんかく》し、準備に携わる。それだけじゃイヤだ。「何をするか」そこが大事なんじゃないか。その「意思決定機関」は、5人の頭脳に委《ゆだ》ねられていた。生徒会役員だ。会長、副会長に、文化・体育・生活（美化、清掃担当）の各実行委員長からなる。文化祭の責任者は生徒会長ではなく、この「文化実行委員長」だった。文化実行委員として仕事をしているうちに、「長」への憧《あこが》れが芽生《めば》え始めた。

2年生の12月、生徒会役員選挙のシーズンがやってきた。ボクはもちろん、「文化実行委員長」に立候補したのだが、この時、意外なライバルが現れた。水泳部の男子。今まで、委員などにはあまり参加しないタイプの子だった。「生徒会の役員になると内申点《ないしんてん》がプラスされる。彼は、その加点が欲しくて立候補したのだ」そんな噂《うわさ》が流れた。

ボクは燃えた。その噂が事実だったのかは今でもわからないが、入学してからここまで3期連続で文化実行委員を務めてきた自負がある。成績目当てで立候補したヤツなんかに負けるわけにはいかない。

中学校ながら、選挙に際して演説が課せられた。昼休みなどの時間に各教室をまわるのだが、なかでも先輩たちの教室をまわるのがいちばんの難関《なんかん》。やはり緊張するものだ。

そこに強力な「助っ人《すけと》」が現れた。現・文化実行委員長、3年生の「若《わか》サン」だ。1学年上の先輩で、ボクが1年生の頃から実行委員会で一緒に仕事をしていて、非常にかわいがってくれていた。野球部の主将も務める彼は、とても朗《ほが》らかな性格で、みんなから慕《した》われていた。「俺が応援演説してやるよ」この一言が、どんなに心強かったことか。

ボクが話をした後、若サンにバトンタッチ。この2年間のボクの仕事ぶりなどを話してくれた。若サンの3年生の間での人気は絶大だ。持ち時間である5分間をボクが話し続けるより、はるかに効果があっただろう。

後輩たちにも協力を求めた。実行委員やバスケ部、近所で顔なじみの後輩たちに、ボクが教室を訪《おとず》れたら、その場を盛り上げてくれるよう頼んだ。

「よっ！　乙武サン!!」

威勢《いせい》のいい掛け声が飛ぶ。あいつら、やりすぎ……とも思ったが、確かにその場は盛り上がった。ボクのことをあまり知らない1年生も「あの先輩、こんなに人気があるんだ」と思ったことだろう。

激しい選挙活動が功《こう》を奏《そう》し(!?)、結果は大勝だった。5つの役職のうち、文化実行委員長には最多の3人が立候補していたが、ボクは3分の2近い票を集めた。もちろん、若サンや後輩たちのおかげだ。

それにしても、この中学校も恐いもの知らず。車椅子に乗る障害者をバスケ部に入れただけでなく、今度は生徒会役員にしてしまった。

空《あ》き缶回収《かんかいしゅう》と肝試《きもだめ》し

1月4日、当選の決まった5人が集まった。場所は明治神宮。これからの生徒会活動の成功を願っての初詣《はつもう》でだ。「元旦に行った方が気分が出るよね」という話も出たが、ボクが車椅子のため、混雑する三《さん》が日《にち》を避《さ》ける配慮をしてくれたのだ。チームワークも完璧だ。〈この素晴らしい仲間たちと、最高の文化祭を創れますように……〉

仕事は文化祭だけではない。運動会を始め、学校のあらゆる行事が任された。行事のたびに開会・閉会の挨拶《あいさつ》をするなど、みんなの前で話をする機会も増えていった。

朝礼時に全校生徒を整列させるのも重要な仕事のひとつ。

「静かにしてください。各クラス2列に、まっすぐ並んでください」

それまでは友達としゃべってばかりいて、ちっとも並ぼうとしなかったボクが、まさか並ばせる側《がわ》に立つなんて、思ってもみなかった。

例年どおりのことだけでなく、新しいことにもチャレンジした。まず、4月から始めた朝の「おはよう運動」。一般の生徒よりも30分ほど早く登校し、正門で待機する。そして登校する生徒に「おはようございま～す」と声をかけるのだ。朝からポケットに手をつっこんで、下を向いて歩いているような生徒に、元気を出してもらおうという、とてもおせっかいな活動だった。

次に始めたのは「空き缶回収」。街《まち》の美化を図《はか》るとともに、回収した空き缶を換金《かんきん》し、募《ぼ》金《きん》するのが目的だ。集め出したら、あるわあるわ。これほどポイ捨てが横行しているのかと、反省させられた。少し集まると、もっと集めたくなってしまった幼稚なボクら。調子に乗って、用賀周辺の酒屋さんに掛け合った。

「すみません、こういう事情で空き缶を集めてるのですが、週に2度ほど回収に来てもよろしいでしょうか……」

OKは出してくれたものの、どこの酒屋さんも閉店間際《まぎわ》の時間帯に来てくれとの返事。そこで回収作業は夜間へ移行された。8～9時。中学校の生徒会が活動する時間ではない。しかし、夜の街を探検しているようで楽しかった。

そうして回収を続けていたある日のこと。「今日は大漁《たいりょう》！　気分がいい。このまま、みんなで公園にでも行こうぜ」体育実行委員長の提案で、近所の砧《きぬた》公園へ。だだっ広～い緑地公園で、夜は真っ暗。かなり不気味だ。知らないうちに姿が見えないヤツがいると思ったら、突然、「ワッ！」と脅《おど》かす声。これには参った。その後は、誰かが持ってきた懐中《かいちゅう》電灯のまわりで怪談。空き缶回収のはずが、いつのまにか肝試し大会になっていた。

家に帰ると、12時を回っていた。さすがに、親に叱《しか》られた子もいたようだが、今となってはいい思い出だ。ひょっとすると、この5人「生徒会役員＝用賀中の看板」どころか、ただの問題児集団!?

NEW《ニュー》文化祭

　生徒会活動にも慣れてきた3年生の秋。いよいよ最後の文化祭だ。通常の文化祭はクラス対抗の合唱コンクールと、美術や技術・家庭で作った作品の展示という2本立て。生徒たちは、このふたつに向けて猛練習&居残《いのこ》り作成などをする。

　そこでボクたちは考えた。みんなが一生懸命に取り組んで、それで終わりという文化祭よりも、何か楽しめるようなアトラクションを企画したい。ちょうど、その年に体育館が新築され、「新体育館完成記念」と、口実《こうじつ》にはもってこいだ。「楽しい文化祭。思い出に残る文化祭」これが合い言葉だった。

　今までどおりの文化祭を準備するのでも、たいへんなこと。ただ、これまで2年間の経験もあるし、先輩たちがやってきたことも見てきた。開催に際しての段取りも覚えたつもりだ。例年どおりの文化祭を行うだけなら自信はあった。しかし、今回は新たな取り組み。言ってみれば「NEW文化祭」だ。経験もなければ、過去の資料もない。すべてが初めてのこと尽《つ》くめ。企画の段階から頭を悩ませた。いつ頃までに何を決定し、何を準備しなければならないのかというスケジュールも不安要素のひとつだった。

　だが、同時に楽しかった。誰もが初体験な分、「みんなで創っている」という実感を味わえた。会場への入場曲ひとつ決めるのにも「あーでもない、こーでもない」とたいへんな騒ぎだった。

「元気が出るような曲がいいよ。『24時間、戦えますか』(某《ぼう》ドリンク剤《ざい》のCMソング。当時、大ヒットしていた)なんてどうかな」

「やっぱり、しっとりした名曲。ビリー・ジョエルの『HONESTY《オネスティ》』なんかいいな」

1階の廊下の突き当たりに「生徒会室」という部屋があった。3年生で部活も引退したボクらは、授業が終わるとそこへ直行。額《ひたい》を突き合わせ、文化祭へ向けてあれこれ知恵を絞《しぼ》っていた。

当日のアトラクションの部分が決まった。クラス対抗で争う、ゲーム形式のものを用意することにした。というのも、合唱コンクールの練習のために、最もクラスの団結が固くなっているのが、この時期なのだ。そこで、クラス対抗で遊べるようなものを用意したら、大いに盛り上がるだろうし、想い出にも残るだろうと考えたのだ。

先生方も、最初はいい顔をしなかった。しかし、最後は、ボクらに自由に決めさせてくれた。ここまで一生懸命に仕事をしてきた「ご褒美《ほうび》」だったのかもしれない。

通常の文化祭のプログラムを終え、生徒たちが体育館に集まる。いよいよ、イベントの始まりだ。各クラスの代表者が、壇上《だんじょう》に上がる。机の上に並べられた洗面器のなかに顔を突っ込み、何秒間、耐《た》えられるかを競うゲームなどをした。さすがに、年配の先生方の顔には、不快な表情が見て取れた。

だが、会場は盛り上がった。合唱コンクールが終わった後のクラスの異様に盛り上がった雰囲気を、そのまま終わらせるのはもったいない。なんとか生かせないものだろうかと考えていたボクらの思惑《おもわく》は、見事に当たった。だが、そのボクらも、ここまで熱狂的に盛り上がるとは思っていなかった。

たしかに、「文化祭」の内容としては、ふさわしいものではなかったかもしれない。ただ、生徒たちの望んでいるもの、ボクらのやりたかったことを達成できたということでは、満足のいく「文化祭」だった。

やっぱり、イベントは楽しくなくっちゃ。だって、ボクは「お祭り男」なんだから。

ヤッちゃん

指定席

子どもたちの心が最もすさむのが中学校時代と言われる。友達との人間関係、これからの進路、そして恋愛。彼らは多くの悩みを抱えている。常に漠然《ばくぜん》とした不安に襲われ、イライラしている。「勉強しなさい」としか言わない親に、規則で縛《しば》るだけの先生。そのイライラは募るばかりだ。そして、その矛先《ほこさき》は時代を問わず、弱者へと向けられていく。最も「いじめ」が多いのも、この時期だ。

そこに障害者——社会的弱者と言われる人間が入っていくと、どうなるのだろうか。中学校入学に際して、周囲が最も心配してくれたのは、この点だった。まわりの友達がなかよくしてくれるのもここまで。中学に入り、みな大人になっていく。今までどおりに遊んでくれないかもしれないし、世話もしてくれないかもしれない。ボク自身も不安がないわけではなかった。

まして、中学校には隣の小学校からの進学者も半数近くいる。彼らとは新たに友人関係を築いていかなければならない。小学校に入りたての6〜7歳で友達になるのと、物心ついた12〜13歳で親しくなろうとするのでは大きな違いがある。小学校入学時には友達づくりにおいて大きな武器であった「障害」が、今度はハンデとなってボクにのしかかってくる。うまくやっていけるだろうか……。

話はさかのぼるが、1年生のクラス発表。やはり、知らない顔ぶればかりだ。友達になれそうな子はいないかと、教室中を見回す。ワイワイガヤガヤ、騒がしい教室のなか、ひとりだけ、つまらなそうに机に突《つ》っ伏《ぷ》している男の子がいる。「ヤッちゃん」との出会いだ。

彼とは同じ小学校から来たが、一度も一緒のクラスになったことはなく、ほとんど話もしたことがなかった。頭の回転が速く、決して勉強のできない方ではなかった。運動神経もよく、水泳では世田谷区で5本の指に入るほど。6年生の時には、他のクラスでリーダー的存在だった。

そんな彼が、中学に入って少しずつ変わり始めた。何事をするにも面倒くさそうで、次第に授業もサボるようになっていった。クラスメイトとも、ほとんど会話を交わさない。制服のポケットからはタバコが見え隠れしていた。先生たちからは、いわゆる「不良」と呼ばれる生徒だった。

ボクは、強烈に彼に惹《ひ》かれていった。ボクの持っていないものを持っている、そう感じた。長身でハンサムな彼は、女の子からも人気が高い。男のボクから見ても、カッコよかった。物事を斜《なな》めから見るような彼の姿は、独特の存在感を放っている。まだまだ小学生に毛が生えた程度の中学1年生のなかで、彼はえらく大人びて見えた。

彼には指定席がある。自分の席ではなく、そこは階段の踊《おど》り場《ば》だった。彼はいつもそこに腰掛け、ボーッと考え事をしている。ひとりの時もあれば、仲間と一緒の時もあった。ある休み時間、ボクはふと階段を見上げた。いつものように、彼はそこにいた。ひとりだった。確か、その前の授業中に調子が悪いと言って保健室へ行ったはずだった。

「彼と友達になりたい」以前からそう思っていたのだが、なかなかチャンスがなかった。気が付くと、階段を上っていた。一歩一歩近付くたびに、胸が高鳴る。まるで、これから好きな女の子に告白でもするかのように。彼の隣にちょこんと座る。胸のドキドキは最高潮《さいこうちょう》だ。彼はチラッとこちらを見たが、さして気にする様子もない。ホッとした。内心、「俺の場所だ。ジャマするんじゃねぇ」と、どやされるのではないかとヒヤヒヤしていたのだ。

彼と何を話したのか覚えていない。ほとんど話をしなかったのかもしれない。ただ、今まで感じたことのない、なんとも形容しがたい居心地《いごこち》のよさだけは覚えている。その居心地のよさが、ボクにまで「指定席」をつくってしまった。

孤独《こどく》なリーダー

彼は「ワル」だったかもしれないが、人格的な「ワル」では、決してなかった。多発する「いじめ」には加わらなかったし、自ら好んではケンカもしなかった。

まわりの人間に対する優しさも、彼の魅力のひとつだろう。嫌われている先生がいた。その先生の授業が始まる前に、ある男の子が黒板消しを教卓《きょうたく》の上ではたき、チョークの粉《こな》だらけにした。嫌がらせだ。当然、その先生は怒った。担任の先生へも報告した。その結果、真っ先に疑われたのがヤッちゃんだった。

先生方の白い目が、いっせいに彼に向けられる。担任の先生からも、厳しく詰問《きつもん》されたようだ。ヤッちゃんは、そんなことはしない。そんなつまらないことをして喜ぶほど、幼い人間ではないのだ。しかし、彼の取った態度はボクたちクラスメイトを驚かせた。何ひとつ言い逃れをせず、真犯人の名を口にすることなく、身に覚えのない罪を着せられていったのだ。

ボクはヤッちゃんに厳しい口調で迫《せま》った。初めてのことだったかもしれない。

「どうして本当のことを言わないの？　本当の犯人が誰か、みんなが見ているよ」

「いいんだよ、オト。どうせ俺は目を付けられてるんだから。あいつ（事件を起こした子）が、かわいそうじゃん」

それ以上は何も言えなかった。彼の男気《おとこぎ》にますます惚《ほ》れ込むと同時に、自分自身に諦《あきら》めを抱いているヤッちゃんが悲しく思えた。

そんな彼のもとに人は集まった。やり場のない想いをひとりでは抱え切れずにいる少年たちが。彼は、相談に乗ってあげるでも、何かをしてあげるでもなかった。それでも人は集まった。きっと、みんな彼のそばにいるだけでよかったのだろう。それだけで何かが救われる気がしたのかもしれない。そして、ボクも、そんなひとりだったのかもしれない。

だが、彼は淋《さび》しそうだった。仲間に囲まれていても、なぜか「ひとり」だった。彼が漂《ただよ》わせるその孤独感は、逆にボクを淋しくさせた。「この人のことをわかってあげたい。この人に信頼されたい」と。

事件が起こった。彼の仲間が、彼の名前を使ってケンカをした。人望《じんぼう》もあり、用賀中のナンバー1《ワン》（ボス的存在）だった彼は、他校に対しても名前が通っていた。ケンカを起こした子は、「ヤッちゃん」の名前を出したらなんとかなると思ったのかもしれない。

前にも書いたが、ヤッちゃんはもともと、争いごとを好む方ではなかった。ただ、仲間内《うち》で何か問題が起こるとみんなが彼を頼るので、いつも争いの渦中《かちゅう》にいた。そうして、その名前だけがひとり歩きしていくのだ。今回も同じだった。まったくトラブルなど起こす気のなかった彼が、他校との争いに巻き込まれていくことになっていった。

それ以来、彼はますます孤独感を強めていった。少なくとも、ボクにはそう見えた。そして、彼の方が仲間から離れていくような時期があった。そういった、ややこしい世界が面倒くさくなったのかもしれない。

その事件にまったく関わりのない、それどころか事情すらよくわかっていなかったボクは、彼にとって居心地がよかったようだ。ふたりでいる機会が多くなった。休み時間になると、ボクらはいつも「指定席」にいた。休み時間だけでなく、次第に授業を抜けてまで行くようになった。もちろん、いけないことだとは思っていたが、「一時《いっとき》のことだから」と自分に言い聞かせていた。

ボクは知っていた。彼が、再び仲間のところへ戻っていくことを。彼がそれを望むかどうかは別として、彼の仲間が用賀中のナンバー1「ヤッちゃん」を放っておくはずがない。彼抜きではやっていけないのだ。ヤッちゃんは、そんな彼らを見捨てられるほど薄情《はくじょう》な男ではなかった。ただ、今はお休み中なのだ。少し疲れたから、今までの世界とは関係のない場所で少し休みたくなり、その休息中の相棒《あいぼう》にボクを選んでくれたのだろう。

天気のいい日には、授業を抜け出して近くの公園へ行った。何をするでもなく、ボーッとしている。彼は、気《け》だるそうにタバコの煙を吐《は》き出す。

「オトも吸うか?」

「いや、俺はいいよ」

「そうか」

それ以上強要することは、決してしない。授業をサボっているという後ろめたさが、まったくなかったわけではなかったが、彼と一緒にいられる喜びの前では、吹き飛ばされてしまうほどのものだった。

ボクの守護神《しゅごしん》

そんなボクに対して、先生方はあまりいい顔をしなかった。さすがに、ボクが彼にいじめられているとは思っていなかったようだが、ボクのことを悪い道へ引っ張り込もうとしているのではないかと思っていたようだ。ヤッちゃんも、先生から「乙武に、あんまりからむな」と言われていたようだし、ボクも、「あいつとは、あまり関わるな」と釘《くぎ》を刺《さ》されていた。先生方は誤解しているようだ。

話を冒頭に戻したい。心のすさんだ中学生たちのなかに、弱者と言われる障害者が入っていった場合、どうなるのか。おそらく、「いじめ」が起こるだろう。とくに、当時のボクは鼻《はな》っ柱《ぱしら》が強かった。バスケ部にも入っていたし、委員などもやっていた。学年でも「目立った」存在だった。裏を返せば、「生意気な」存在だったに違いない。正直、「あの障害者、ムカつく」と感じていた子もいただろう。しかし、ボクは「いじめ」に遭《あ》わなかった。

やはり、ヤッちゃんの存在が大きかったのだと思う。畏怖《いふ》、憧《あこが》れ、尊敬……他の生徒が、彼に対して抱いていた想いはさまざまかもしれないが、一目《いちもく》置かれた存在だったことは間違いない。その彼の横にひっついていたボク。いじめの対象には、なりにくかっただろう。言わば、彼はボクの守護神だった。

たしかに、彼は勉強ができて、先生の言うことをよく聞く「優等生」タイプの子ではなかった。もっと言えば、先生方から目を付けられている「問題児」「不良」だったかもしれない。ただ、その彼に何人の生徒が救われたことだろう。先生にも相談できないような悩みを、その存在のみで解消させてしまう力を持った彼に、「落ちこぼれ」というレッテルを貼《は》るのが、本当に正しいのだろうか。

卒業後、ヤッちゃんが訪ねてきてくれた。

「スゲェな、オトは。優秀な高校に行ってて。オレなんか結局、高校も中退。学歴は中卒だよ」

彼は高校中退後、電気技師《ぎし》になっていた。仕事のために髪を切り、黒く染《そ》め、客に何を言われてもじっと耐える。ボクなんか到底《とうてい》かなわない立派な社会人だ。

「でもさぁ、ヤッちゃん。俺は、まだこうして親のすねをかじっている身。それなのにヤッちゃんは自分で働いて、自分で生活をしてるんだよ。そっちの方が、よっぽどスゴイじゃない」

「そうかぁ、そんなことないけど……」

久し振りに、彼独特の人を魅《ひ》きつけるテレ笑いが見られた。

10年近く経《た》った今でも、ボクらの「指定席」は中学生たちの溜《た》まり場となっているのかな。そして、みんな悩んでいるのかな。

後輩からのラブレター

春の椿事《ちんじ》

生徒会の役員になり、学校の「顔」にもなりつつあった3年生の4月。新入生を迎え、最終学年としての自覚も芽生《めば》え始めていた。バスケ部でも最後の大会が近づいており、先輩・後輩の区別なくチームがひとつになって練習に励《はげ》んでいた。あらゆる面において、充実していたと言えるかもしれない。そんな春に「椿事」が起こった。

美術の時間だったと思う。

「オトタケー、これ、1年の女の子がオマエに渡してくれってさ」

後ろの男子がボクをつつく。

「何?・」

「知～らない」

ニヤッと彼が笑う。もしや、と思った。ひったくるように彼からその封筒を奪い取り、先生に見つからないよう、そっと開く。そこには、女の子特有の丸文字とはタイプの違う、流れるようなきれいな文字が並んでいた。

〈こんにちは。はじめて手紙を出しますが、センパイは私のことを知らないと思います。でも、私はセンパイを知っています。毎朝、生徒会のセンパイ方と一緒に、校門のところで「おはよう、おはよう」とみんなに声を掛けていますよね。私は、センパイの「おはよう」というあいさつで、朝からとてもさわやかな気分になり、「今日も1日、頑張ろう」という気になるんです。でも、最近はちょっと元気がありません。それは連陸《れんりく》（連合陸上競技会の略。世田谷区の各中学校でスポーツのできる生徒が集まり、学校対抗で争う陸上競技大会）の練習のため、センパイよりも登校時間が早く、大好きなセンパイとのあいさつができないからです。毎朝、楽しみにしていたのにとても残念です。私も練習を頑張るので、センパイも頑張ってください。

1年D組　○○○○〉

手に持っていた彫刻刀が震《ふる》え、思わず自分の手も切ってしまうところだった。気が付くと、顔も真っ赤。まわりから見たら、「乙武、一体どうしたんだろう」と思われただろう。異変《いへん》を悟《さと》られないよう必死に取りつくろうが、どうしても口の両端が外へ外へと引っ張られていく。次第に頭がボーッとしてきて、何がなんだか分からなくなってくる。

ラブレター。初めての経験だった。

オトコゴコロ

彼女からの手紙は、ボクが思っていた以上に意味のあるものとなった。クラスや部活、委員会活動などの学校生活を共にし、会話を交《か》わし、コミュニケーションを図《はか》っていくなかで、「乙武クンって、こういう人なんだ」と、分かってもらえれば恋愛にだって発展する。それが、その時までの恋愛に対する考え方だった。

だが、この子は違う。ボクは彼女のことを知らないばかりか、話もしたことがない。ということは、彼女だってボクがどんな人間かは知らないはずだ。「平凡な」と言ったら彼女に叱られるかもしれないが、ごく普通に後輩が先輩に憧《あこが》れる、あのパターンだ。「蓼《たで》食う虫も好き好き」と言ってしまえばそれまでだが、彼女はたしかに「車椅子に乗っている」ボクを見て好きになってくれたのだ。

女の子からの人気がないわけではなかった。バレンタイン・デーに女の子からもらうチョコレートの数はクラスで1、2位を争うほど。しかし、好きな男の子にあげる、いわゆる「本命チョコ」ではなかった。ただ、男女わけ隔《へだ》てなく話すボクは女の子の友達も多く、ほとんどの女の子が「好きな男の子とオトちゃんに」といった具合でチョコレートをくれた。

人気者といえば聞こえはいいが、恋愛の対象になるタイプでなかったということだ。

小学校の頃から、サッカー部の男子が見た目のカッコよさでキャーキャー言われているのを横目で見ていた。「うらやましい」とは思っていたが、自分がそのようにもてはやされるタイプでないことは知っていた。車椅子に乗っている人間が、外見だけで女の子の視線を集めることはできない。好奇《こうき》や同情の視線でなく、思いを寄せる眼差《まなざ》しを得ることは。

恋愛と障害の関係を否定する気持ちと同時に、こういった思いも同居していたことは認めざるをえない。複雑な「オトコゴコロ」だ。中学に進んで、そのモヤモヤは、さらにボクを苦しめた。みんなが思春期にさしかかり、恋が芽生える。当然、「モテる男＝見た目のカッコイイ子」で、女の子の人気が集まる。人間は外見じゃない、中身が肝心《かんじん》なんだと強がってみても、女の子が寄ってくるわけではない。女の子にとって、相変わらず「話していて楽しいお友達」という存在だったボクに、「ボクだって、手と足さえあれば」という想いが、ないわけではなかった。

恋のバリア

たった1通の手紙が、そんな思いを吹き飛ばした。話をしたことはなくても、彼女はボクから何かを感じ取ってくれたのだろう。今までの自分を肯定《こうてい》されたようで、すごくうれしかった。自分はモテるという妙《みょう》なウヌボレではない。「何だ、ボクにも普通の恋ができるんじゃない」と自分自身に、そして恋愛に自信が持てるようになったのだ。

恋愛に障害は関係ない、と言い切るつもりはない。「車椅子の彼女を連れて歩くつもりはない」と、冷たく突き放されることもあるだろうし、「耳の聞こえないあなたとはコミュニケーションできない」とフラれてしまうこともあるだろう。強がってみても、障害者の恋愛にハンデがあるのは動かしがたい事実だと思う。

しかし、ここで重要なのは「障害を言い訳《わけ》にしないこと」だと思う。たしかに、恋に破《やぶ》れ心傷《きず》ついた時、まず頭に浮かぶのは「障害」かもしれない。ボクの目が見えれば、私の耳が聞こえたら……。しかし、本当にその失恋の原因は障害だったのだろうか。絶世《ぜっせい》の美女でも叶わぬ恋をすることがある。思いどおりにいく恋などないのだ。第一、そんな後ろ向きな人間に誰が魅力を感じるだろうか。「どうせ、オレは障害者。まわりには同情を寄せる女性ばかり。こんな俺には、まともな恋なんかできやしないよ」。これでは、たぐり寄せられる恋も、自分から追い返してしまっているようなものだ。

人の価値観なんてさまざまだ。背の高い女性を好む男性もいれば、太っている男性に魅《ひ》かれる女性もいる。ボクの母なんかも「私、ハンサムな男って苦手なのよね」と公言している（もちろん、それに対して父は「俺は一体、何なんだ?」と苦笑いしているけれど）。さすがに、「障害者だから魅力を感じる」という人はあまりいないと思うが、気にすることはない。結局は、その人の魅力次第なのだ。

「たしかに、俺は障害者。でも、アイツより俺の方がオシャレだし、頭も切れる。何より、君を思う気持ちは誰にも負けないよ」くらいのことを言ったら、彼女が振り向いてくれるチャンスは、大幅にアップするだろう（チト臭《くさ》い気もするが）。

自らの持つ障害が、恋のバリアになっていることもあるかもしれない。だが、それ以上に障害に対する自分の捉え方、考え方が何よりの妨《さまた》げになってはいないだろうか。

その後も、彼女からは何度か手紙をもらったり、旅行先のおみやげをもらったりしたが、結局、彼女の気持ちに応《こた》えることはできなかった。しかし、その後のボクの恋愛に大きな勇気をくれたのは紛れもなく彼女だ。

制服の第2ボタン、まだ持ってくれているのかな。

受験狂騒曲《きょうそうきょく》

高校選び

中学3年になると、クラス、いや、学年全体が落ち着きをなくし始める。リストから自分の偏差値《へんさち》に見合う高校を探し出す子。制服カタログから気に入った制服を見つけ、キャーキャー騒ぐ子。誰もが「高校受験案内」を持ち歩くようになる。期待と不安が入り交じり、精神の高揚《こうよう》する時期だ。

ボクもご多分《たぶん》に漏《も》れず、高校選びに頭を悩ませていた。行きたい高校が、ないわけではなかった。東京都立戸山《とやま》高校。100年以上の歴史を持つ、伝統ある学校だ。

小さい頃からお世話になっている整形外科の先生がいた。その先生はスポーツが大好きで、戸山高校アメリカン・フットボール部のチーム・ドクターを買って出ていた。戸山高校の話は、先生から幾度《いくど》となく聞いていた。

「戸山の連中は、いまどき珍しい若者らしい若者だ。アメフトに対してひたむきに取り組んでいる姿は好感が持てる。考え方もしっかりしているし、何より根性が据《す》わっているんだ」

さて、自分はどこの高校に行きたいのだろうと考えた時に、この言葉が真っ先に思い出された。先生の言っていたような、素晴らしい仲間と出会いたい。そして、そのなかで自分を磨《みが》き、できることならボク自身もそういった「魅力的な若者」になりたいと思った。

しかし、この想いが叶えられることはない。ボクの家は世田谷区・用賀。戸山高校のある新宿区《しんじゅくく》・高田馬場《たかだのばば》までは、電車を乗り継いで1時間弱かかる。車椅子で電車に乗ること自体が困難なことだし、まして想像を絶するほどの通勤ラッシュのなかを毎朝通学するというのは、ほとんど不可能に近かった。

諦《あきら》めるしかない。父からのアッと驚く申し出があるまでは、そう思っていた。

「引っ越したらいいよ」

「へ？？？？？」

「戸山高校まで、車椅子で通える範囲に引っ越そう」

「でも……」

「いいんだよ、オレの会社だって新宿にあるんだから。通勤も楽になるし」

この用賀に引っ越してきたのも、幼稚園への通園が少しでも楽になるようにとのことだった。それなのに、また今回も……。

「引っ越す」と一言で言っても、そんな簡単なものではない。子どもにはわからない面倒くさいこともたくさんあるだろうし、親しくなったご近所とも別れなければならない。ましてや、10年以上も住み慣れた用賀。そう簡単に離れられるものではないだろう。

両親のこのありがたい申し出を受けるかどうか、しばらく考えた。あまりにも申し訳なさすぎる。しかし、用賀の家から通える範囲内に行きたい高校があるかというと、答えは「NO」だった。

彼らの大胆《だいたん》かつ厚情《こうじょう》な配慮に甘えることにした。その想いに応えるべく、真摯《しんし》に勉強を始めた。6月頃のことだったと思う。

スリル

親も交《まじ》えての三者面談。担任の先生には無理だと言われた。ボクの行きたい戸山高校は、都立高校のなかでも最難関《さいなんかん》だったのだ。

「入れるかどうかも五分五分だし、もし入れたとしても、戸山高校では落ちこぼれになりかねないぞ」

そう脅《おど》されたが、たしかに、先生の言うとおりだった。しかし、それでもいいと思った。とにかく、戸山高校へ行きたい。それしか頭になかったのだ。

だが、状況は厳しかった。都立高校の受験制度というのは、試験当日の点数さえよければいいというものではない。当日の試験以上に、通知票の成績、つまり「内申点《ないしんてん》」と呼ばれるものが重要視される。内申点が高ければ高いほど、当日に取らなければならない点数は低くてすみ、逆に内申点が低ければ、当日は高得点を取らなければならないのだ。

戸山高校を志《こころざ》す人は、ほとんどがオール5の成績を収《おさ》めていた。彼らが当日の試験で取らなければならない点数は、合計420点。1教科平均84点だ。彼らにとっては、よほどのことがない限り「安全圏《あんぜんけん》」だろう。ボクはと言うと、いわゆる5教科（英語・国語・数学・社会・理科）と呼ばれる教科はまあまあの成績を取っていたものの、どうしてもネックになるものがあった。「体育」だ。

中学校は相対評価のため、ボクの体育の評価は、どうしても「1」が付いてしまう。自然と内申点の合計は低くなり、当日の試験でボクが取らなくてはならない点数は、460点まで跳ね上がった。1教科平均92点。そう簡単に取れる点数ではない。

さすがに、冷《ひ》や汗《あせ》をかいた。戸山高校しか受験しないボクは、是《ぜ》が非《ひ》でも合格しなければならない。中学浪人《ろうにん》……。そんな不安がボクを襲った。

スリルⅡ

半年間は、あっという間だった。またたく間に受験シーズンが到来《とうらい》。そこで、両親は暴挙《ぼうきょ》に出た。そして、その暴挙はボクの背筋《せすじ》を凍《こお》らせた。

高校に通うためには、引っ越さなければならない。さらに、転居先を決めるにあたっても、車椅子に乗っていることでさまざまな制限が生じてくる。マンションの入り口に段差はないか、2階以上に住む場合にはエレベーターが付いているか、玄関に車椅子を置いておくスペースがあるか、といった具合だ。近所のマンションを、こうした観点からチェックしてもらえば分かると思うが、これらのポイントを満たしているマンションというのは、かなり限られている。まして、ちょうど4月から入れるところなど、皆無《かいむ》に等しかった。

だが、奇跡的に1軒だけ見つかった。しかし、他にも話を聞きにきて迷っている人がいるという。言ってみれば「早い者勝ち」という状況だった。そこで彼らはなんと、そのマンションと契約してしまったのだ！

これには仰天《ぎょうてん》した。たしかに、合格後のことだけを考えれば、彼らの選択《せんたく》は正しかったのだろう。しかし、今回の引っ越しは、「合格すれば」という条件付きなのだ。彼らの決断力を誉《ほ》めるべきなのか、無鉄砲《むてっぽう》さに呆《あき》れるところなのか。

さらに驚いたのは、その後の言動だ。普通の親であれば、マンションとの契約をしたとしても、少しでも息子にプレッシャーをかけないよう、そのことは黙っているだろう。しかし、ボクの両親は違った。

「もう契約しちゃったんだから、受かってくれないと困るよ」

あえてプレッシャーをかける親も珍しい。

「でも、まだ受かるかどうか……」

「まぁ、頑張ってよ」

そりゃあ頑張るけどさぁ。ボクがバスケ部に入った時、彼らはなんと言ったのか。

「どういう精神構造をしているのかしら、うちの息子は」

この言葉、そっくりそのまま返したい。彼らに、「普通の親」を求める方が間違いだったかもしれない。この時、自身の無鉄砲さは、彼らから受け継《つ》いだものだと確信した。

雨のひなまつり

昔から本番には強かった。学芸会などでもトチったことはなかったし、ここぞという時に大崩《おおくず》れしたこともない。そういった意味では、自信があった。ただし、今回はハードルが高すぎる。本当に五分五分だった。

試験のちょうど1週間後、3月3日のひなまつりが合格発表の日だった。もちろん発表は自分で見にいくつもりだったのだが、発表当日は雨。そこで、母が見にいってくれることになった。

合格発表は10時。しかし、30分経《た》っても電話がない。もしや……。不吉な考えが頭をよぎるが、きっと電話が込んでいるのだろうと自分に言い聞かせる。今と違い、携帯電話などは、まだ普及《ふきゅう》していない。こちらから連絡を取る術《すべ》はなかった。どうやって慰《なぐさ》めようか考えているのだろうか。「時間が止まって感じられる」というのを身をもって経験したのは、この時が初めてだった。

合格。この電話をもらったのは11時近くだった。発表へ向かう途中に、おしゃべり好きで有名な知人に捕《つか》まったらしい。何もこんな日に、こんな大事な時に遭遇《そうぐう》しなくてもいいのに。神様もなかなか意地悪だ。

直接自分で見にいかなかったためか、最初はあまり実感が湧《わ》かなかったが、それでもジワジワとうれしさが込み上げてくる。努力って報《むく》われるんだなぁ。ぼんやりと、そんなことを考えていた。マンションの契約も破棄《はき》せずにすむこととなった。彼らは契約した時の心境を「息子を信じていたから」と振り返っているが、いくら信じていたとしても並の度胸《どきょう》ではない。しかし、そうはいっても彼らも人の子。後から聞いたのだが、さすがに入試直前の1ヵ月くらいは、食事も喉《のど》を通らなかったという。それを聞いて少し悪い気もしたが、それに気付いていなかったボクもまた、平静な心の状態ではなかったのだろう。

とにかく合格したのだ。今回の「受験騒動」とでも呼ぶべき一連の出来事は、決して楽なものではなかった。しかし、朗報《ろうほう》を聞いたとたんに、そんな苦労は一気に吹き飛んでしまった。代わりに頭を占拠《せんきょ》しだしたのが、来月から始まる新しい生活と、ボクを待っているであろう新しい出会い。一体、どんな3年間になるのだろうか。

25人の勇士《ゆうし》

金縛《かなしば》り

'92年4月、東京都立戸山高校入学。ボクら新入生の入学を、上級生たちは熱烈に歓迎してくれた。

戸山高校は、部活動の盛んな学校だ。40以上ものクラブが新入生を獲得しようと、登校時や休み時間に争奪戦《そうだつせん》を繰り広げる。運動系のクラブはユニフォームを着て登場し、掛け声をかけながら廊下を疾走《しっそう》。文化系のクラブは教室に乱入して演奏を始めたり、即興劇《そっきょうげき》を演じて見せたり。とにかく、その熱気にボクら新入生は圧倒されてしまった。

リョウという子となかよくなった。188㎝、90㎏。人込みのなかで待ち合わせをしても一目で分かるような体軀《たいく》の持ち主だ。当然、運動系のクラブが彼を放っておくはずがない。休み時間になると、彼の席は上級生たちで取り囲まれていた。

リョウとボクの出席番号は1番違い。座席も近かった。目の前で上級生にチヤホヤされるリョウを、やはり、うらやましく思っていた。もちろん、ボクのもとにも勧誘《かんゆう》の声が掛からなかったわけではない。囲碁《いご》・将棋《しょうぎ》部、合唱部、文学部……しかし、どれもボクの興味を惹《ひ》くには至《いた》らなかった。

入学して、4日ほど経っただろうか。今日も、ボクの目の前、リョウの席に運動部の上級生が群がっている。ボクは意を決し、上級生のひとりに声を掛ける。

「あのー、ボクも入りたいんですけど……」

その上級生が振り返り、声を掛けたのがボクであることを認識すると、まるで金縛りにでもあったかのように凍り付いてしまった。それもそのはずだ。ボクが声を掛けた相手は、イカツイ防具に身を包み、片手にはヘルメット。そう、アメリカン・フットボール部の先輩だったのだ。もう一度、その先輩の目を見て言った。

「アメフト部に入れてください」

アメフト部に入って何ができるかなど、まったく考えていなかった。戸山高校へ行きたいと考えるきっかけとなった、整形外科の先生の「戸山のアメフトの連中は、熱い奴らだ」という言葉が、ボクをアメフト部に導いたのは自然なことのように思えた。入りたいから入る。そこに、「障害」という2文字が浮かんでこないのは、バスケ部の時と同じだった。

居場所

バスケットボール以上に、体のぶつかりあいが激しいアメフトでは、選手として活躍するわけにはいかなかった。マネージャーとして入部したボクだが、ドリンクを用意する、テーピングをする、専門店へ買い出しにいくなどの、いわゆる「マネージャー業」は何ひとつできなかった。そんな自分を歯がゆくも感じたが、練習中に人一倍、大きな声を出すことで、モヤモヤをかき消そうとしていた。自分は本当にチームのために役に立てるのだろうか、足手まといにはならないだろうか。とにかく、そんな思いを打ち砕《くだ》きたかった。

ボクの様子を、監督・コーチはすぐに察してくれた。何かボクにできることはないだろうかと必死で考え、そして行き着いたのがパソコン。小学校以来、４年ぶりのキーボードとの「再会」だった。

「アメリカン・フットボール」と聞くと、身体の大きな男たちが、ガチガチとぶつかりあうスポーツというイメージがあるかもしれない。たしかに、その通りだ。ラインと呼ばれる、ぶつかりあうことが専門のポジションには、高校生といえども１００kgクラスが並ぶ。彼らが防具を付けて相手に向かっていく姿を見れば、スポーツというよりも格闘技だという印象さえ受ける。だが、それだけではない。

肉弾戦《にくだんせん》というイメージが強い一方で、実は「知」の部分、つまり戦略面が重要となってくる。体半分、頭半分のスポーツ、それが「アメリカン・フットボール」なのだ。

ボクが任されたのは「データ」だった。対戦相手のデータを集め、パソコンにインプットする。それを分析《ぶんせき》し、次の試合に活《い》かすのだ。相手は、このような時には右へのプレーが○%、左へのプレーが○%。このような時には、パスを投げてくるのが○%で、走ってくるのが○%といった具合。それを表にまとめ、監督に提出するのがボクの役目だ。大会が近づき、資料となる何本ものビデオを相手に、徹夜になることもしばしばだった。

役目はそれだけではなかった。新入生のポジションを決めるコーチ会議に特別に参加させてもらったり、練習中の指示にあたったりするのもボクの担当だった。ボク自身、とくにアメフトに詳《くわ》しいというわけではなかったが、そばで見ていると選手以上に気が付く点があるものなのだ。

選手でもなければ、マネージャーでもない。役割としてはコーチに近いのかもしれないが、コーチでもない。非常に曖昧《あいまい》な立場だった。しかし、監督・コーチは、その曖昧な立場に、逆に期待していた。選手・マネージャー・コーチの三者のパイプ役となる重要な役割として。そして、ようやくボクはチーム内に「居場所」を見つけることができた。

雨中の決戦

ボクら「戸山グリーンホーネッツ」は、かなり強いチームだった。身体の大きさだけで見れば、とてもではないが私立高校にかなわない。アメフト部に入るのに際してセレクションをする学校まであるというのだから驚きだ。こちらは、体重40kg台の男の子までかき集めているというのに。おそらく、身体の大きさだけなら、都内ワースト5に入るほどだっただろう。

しかし、ボクらにはサイズの不足を補って余《あま》りある「指導力」があった。元全日本の選手だったコーチがふたりもいたのだ。彼らを中心とした監督・コーチ陣は、全国でも指折りだったに違いない。そんなコーチ陣が、戦術面、精神面でしっかりと指導してくれたおかげで、「戸山グリーンホーネッツ」は常に都大会でベスト4に入るような強豪《きょうごう》チームになることができた。

そして、いつからかボクらの合い言葉は「関東制覇《せいは》」となっていた。自分たちよりひと回りもふた回りも大きな相手を倒して、関東でナンバー1のチームになる。これが、ボクらの夢だった。

そして、2年生の春。ボクらの夢は、現実に近付きつつあった。

東京都大会準々決勝。相手は優勝候補の筆頭《ひっとう》、日大三高《にちだいさんこう》だ。他の日大系列の高校は、日大フェニックスに倣《なら》い「赤」を基調《きちょう》としたユニフォームなのに、この日大三高は、「ブラック・レジスタンス（黒い反逆者）」というチーム名のとおり、ヘルメットからユニフォームまでが黒ずくめ。見ただけで、「うわ、強そう」と相手を萎縮《いしゅく》させてしまうような格好だ。

実際、強かった。リョウのような体型の選手が、日大三高にはゴロゴロしていた。ただ大きいだけでなく、強くて、速い。「目の前で大きな壁が瞬時《しゅんじ》に移動する」（選手談）というのだから、どうやって突破《とっぱ》したらいいのか。とにかく、そんなチームだった。

だが、是が非でも勝たなければならない。関東大会に進めるのは、東京都から4校。つまり、ベスト4に残らなければならないのだ。この日大三高に勝てば、準決勝進出。そして関東大会への出場が決定する。だが、負ければ次はない。先輩たちは引退となってしまう。まさに、天国と地獄だった。

当日は、雨中の決戦となった。野球などと違い、アメフトの試合は雨でも決行される。ボクらの調子は、決して悪い方ではなかったが、試合は相手のペース。先取点を取られ、主導《しゅどう》権《けん》を握《にぎ》られた。しとしとと雨は降り続く。いやな雰囲気がベンチを包む。だが、誰ひとりとして勝利を諦《あきら》める者はいなかった。

後半に入り、刻々《こくこく》と残り時間がなくなっていく。泥《どろ》まみれになりながら死闘を繰り広げる仲間たち。グリーンとイエローを基調としたボクらのユニフォームも、すでに何色だか判別のつかない状態になっていた。背番号も泥で見えにくくなっていたが、夢に向かって闘い続ける彼らは、確かに輝いていた。

それに比べて、ボクにできることは、ただ声を出すことだけ。そして、攻守交替《こうしゅこうたい》の際にベンチに戻ってくる選手たちをねぎらい、元気づけてやることぐらいだった。しかし、無力感を感じはしなかった。ボクにも選手同様、大切な仕事があったから。仲間を信じ、勝利を信じること。

14対12。試合終了直前の大逆転勝利だった。最後まで望みを捨てず、各自が与えられた役割を果たした。その結果に得た勝利。震《ふる》えが止まらなかった。そして、涙でにじむ視界のなかで、驚くべき光景を見た。ふだんはポーカーフェイスで有名な先輩が、グラウンドに膝をつき、男泣きに泣いている。「俺たちは、すごいことをやったんだ」「このチームでフットボールができて、本当によかった」そんな想いが胸に込み上げると、もう、ボクの涙も止まらなかった。

チームメイトの顔は、泥、雨、汗、そして涙でグチャグチャ。円陣《えんじん》を組み、雄叫《おたけ》びを上げながらヘルメットを高々と突き上げる。背中がゾクゾクした。彼らは、いやボクらは、この日のためにフットボールをしてきたんだ。

日大三高戦で劇的な逆転勝利を収めたボクらは、その後も破竹《はちく》の快進撃《かいしんげき》を続け、ついに都大会優勝を果たした。戸山史上、2度目の快挙だ。

だが、あっけない幕切れだった。関東大会1回戦。相手は静岡《しずおか》県代表の三島高校《みしまこうこう》。点の取り合いとなり、28対28で試合終了。大会規定により、勝負はコイントスに委《ゆだ》ねられた。ライン際《ぎわ》から、その様子を見つめる。審判がコインをはじくと、間もなく主将が頭を抱えてうずくまる。「夢」は逃げていった。

3年生の春に引退するまでの2年間、ボクらはアメフト漬《づ》けだった。道を歩いていても、授業中でも、風呂に入っていても、ボクらは常に強くなることを考えていた。高校生活のすべてを懸《か》けていたものが失われた時、誰もが虚無感《きょむかん》に押しつぶされそうになった。だが、みんなが最も大切なことに気付くのには、それほど時間がかからなかった。関東制《せい》覇《は》という夢に向かって共に歩んだ、25人の誇れる仲間がいるということに。

生命《いのち》の水

ミチオ

毎年9月に、「戸山祭《とやまさい》」が行われる。例外はあるものの、原則的には1年生が展示、2年生が演劇。そして、最終学年である3年生では、クラスで1本の映画を撮影《さつえい》する。外部からの客にとっては、素人《しろうと》高校生の演劇や映画を見せられるよりも、パーティや喫茶店などの方が楽しいだろう。しかし、創《つく》り手側であるボクらにとって、これほどまでにおもしろい文化祭は他にない。そういった意味で、現在、流行《はや》っている文化祭・学園祭とは、やや一線を画《かく》していると言えるかもしれない。

ボクら3年C《シー》組の映画製作は2年生の秋からスタートした。戸山祭には、学校側もたいへん力を入れており、本来ならば学年が変わるごとにクラス替えがあるところ、映画の製作期間が半年では足りないという理由で、2〜3年生の間はクラス替えがないのだ。

まずは、監督選びから始まった。演劇の時になかよくなったメンバーたちが、「監督はオトしかいないよ。ボクらで一生懸命サポートするから、一緒にいい映画を作ろう」と言ってくれた。元来が目立ちたがり屋、仕切りたがり屋のボク。悪い気はしなかった。みんなに乗せられ、すっかり監督になる気でいた。しかし、すんなりとはいかない。

ミチオという子がいた。彼とはアメフト部でも一緒で、1年生の時からなかがよかった。ランニング・バックという、ボールを持って走るポジションだった彼は、持ち前の運動神経とバツグンのボディ・バランスで「黒人のバネを持つ男」とあだ名されていた。実際、色も黒かった。夏の合宿で消灯《しょうとう》時間になると、真《ま》っ暗闇《くらやみ》のなか、ミチオの白い歯と白いTシャツだけが浮き上がる。それだけ、色のコントラストが激しいのだろう。

また、彼の魅力は、その類《たぐい》まれなる運動能力だけではない。言葉では言い表すことのむずかしい、人を魅《ひ》きつける不思議な力が彼には備わっていた。ボクは、このミチオだけには「どうしても敵《かな》わない」という想いを抱いていた。

ボクは、いわゆるガリ勉に「負けた」と思ったことはない。もちろん、勉強で勝つ自信があったからというわけでもない。ただ、成績の優劣《ゆうれつ》は、ボクが人間を見る時の物差しにはならなかったのだ。では、彼の「何」がボクを打ちのめしたのだろう。一言で言えば、「スケール」だった。その器《うつわ》に、いくら水を注いでもこぼれることがなさそうな度量《どりょう》。何事にもとらわれることのない自由さ。彼の前では、自分がいかに小さい人間かを思い知らされるのだった。

そのミチオが、監督に立候補すると言う。ボクは、がっかりすると同時に、うれしかった。これで、ボクの監督はなくなったなと思うとともに、いい映画が撮《と》れそうだと期待に胸ふくらませた。「ミチオではなく、このボクが監督に」という思いはみじんもなかった。どう考えても、トップに立つ人間としてミチオの方がふさわしいと思えたのだ。

ミチオの真のよさを知らないクラスメイトの何人かは、それでもボクを推《お》してくれた。だが、その期待には応えず、逆に彼らを説得した。「本当にいい映画を撮りたいのなら、ボクじゃなくて、ミチオを監督にすべきだよ」

こうして、ミチオ監督、乙武助監督の体制で、3年C組の映画製作がスタートした。

生命《いのち》

この映画で訴えたいテーマを設定し、脚本《きゃくほん》を仕上げる。この過程に、ほぼ半年間を費《つい》やした。一度、決まりかけた脚本がボツになったこともあった。その脚本を仕上げるにも2〜3ヵ月の期間を要しており、一から作り直すにはたいへん勇気が要《い》った。だが、「せっかく作るのだから、みんなが納得のいくものにしよう」という声が上がり、白紙に戻ったのだ。

正式にテーマが決まり、脚本に取りかかったのは3年生になった5月くらいのことだった。テーマは「死」。というよりも、「生きること」と言った方がよいのかもしれない。この年に開催された「全国高校演劇大会」で、最終選考まで残った16校の大半が「死」をテーマとした作品を扱《あつか》ったということからも、当時のボクらが、いかにこの問題に関心を持っていたかがわかる。あらすじは、こうだ。

〈母とふたりで暮《く》らす高校2年生のトオル。数年前に、姉を自殺で、父を酔《よ》った末のケンカで失くし、「生きることの意味」を見出せなくなっていた。だが、母の父や姉に対する想い、そして自分に対する想いを知ったトオルは、少しずつ「生きていくこと」の大切さに気が付いていく。そんなある日、最愛の恋人であるミナミが事故に遭《あ》い、病院へ担《かつ》ぎ込まれる。動《どう》揺《よう》するトオルの前に現れたのは、死んだはずの父。そこで、父はトオルに「生命《いのち》」のすばらしさ、人間ひとりひとりの重要性を教える。だが、それは夢だった。目を覚ましたトオルに、ミナミが意識を戻したという知らせが届き、病室へ。また、ミナミと生きて会えたことで、あらためて「生きていること」のすばらしさを認識する〉

プロではない。高校生が考え、高校生が書いた作品だ。安直《あんちょく》だと言われるかもしれないし、クサすぎると言われるかもしれない。けれども、ボクとしては満足のいく内容だった。ボクらがメッセージとして伝えたかったことが、誰にでも分かるような形で書かれていたからだ。

クラスメイトのひとりがこのような作品を書き上げてきた時には、舌《した》を巻《ま》かずにはいられなかった。自分と同じ歳でこれだけのことを考え、これだけのものが書けるなんて……正直に言って驚いたし、悔しかった。もし、興味の湧いた方にはぜひ観ていただきたい。お近くのレンタルビデオ店に行き、「ヒューマン」というコーナーを探して……も置かれていないのが残念!

そして、この作品に題名が付けられた。命名者《めいめいしゃ》はミチオ。彼は、ふだんからよく本を読み、博学《はくがく》な人物だった。その彼が名付けた題は『usquebaugh（ウシュクベーハー）』。古代ゲール語、現在のケルト語にあたる言葉で「生命《いのち》の水」という意味だ。「ウイスキー」の語源となっているのも、この語だという。彼は、毎日何気なく使っているものである「水」に対して「生命《いのち》」という言葉を用いていることに、とても驚かされたそうだ。それだけ、ヨーロッパでは水が重宝されていたのだろう。

では、我々がこの語を用いるほど「大切なもの」は何だろう。各自の「大切なもの」を問うために、この言葉を題名にしたと彼は語る。

『usquebaugh』という名をもらい、この映画も「生命《いのち》」を吹き込まれた。

持ち味

本格的に撮影が開始されたのは、1学期の期末試験が終了した7月中旬から。約1ヵ月ほどかけて行われた。だが、決してスムーズに進んだわけではない。撮影の妨《さまた》げとなる「敵」

が現れた。

その敵とは、「暑さ」だった。7月中旬からの1ヵ月間といえば、最も暑い時期だ。その炎天下《えんてんか》のなか、丸1日かけて撮影をするのだから、たまったものではない。だが、ボクなどは、まだマシな方だった。気温30度を優《ゆう》に超《こ》える暑さのなか、監督に厳しく指導されながら演技をこなすキャスト。なかには、冬のシーンだといって、コートを着せられる子もいた。その姿は、見ているだけでも生き地獄だ。

最もたいへんだったのは、カメラ・音声《おんせい》・照明《しょうめい》といったスタッフだ。普通に歩いているだけでも汗がダラダラと流れてくるのに、重たい機材を担《かつ》いで回らなければならない。撮影が始まると、彼らが置かれる状況は、より過酷《かこく》なものとなる。機材を抱えている彼らは、汗が目に入っても、蚊《か》に刺されても、物音ひとつ立てることすら許されないし、カメラなどは身動きひとつ許されない。よほど、忍耐力《にんたいりょく》のある人間でなければ務まらない。

エノは、カメラのチーフに最適だった。「気は優しくて力持ち」タイプで、クラスのアンケートで「いいパパになりそうな人」部門の堂々1位。仕事を黙々《もくもく》とこなす、頼れる男だった。2年生の演劇の際にも、誰もやりたがらない大道具《おおどうぐ》を買って出て、ラストシーンに登場する桜の木を、ほとんどひとりで完成させた。決して表舞台に立つ人間ではないが、C組の屋台骨《やたいぼね》は他でもないエノだったことを、クラスの誰もが知っていた。

ボクとミチオのコンビも、うまく機能していた。助監督であるボクの仕事は撮影の前まで。当日、どこで撮影で、集合は何時、キャストは誰と誰が必要で、スタッフは誰が必要。機材は現在どこに置いてあって、撮影地までは誰が持っていく、などの細々《こまごま》としたことを整理し、把握《はあく》する。分かりやすく言えば、撮影のための準備がボクの担当だった。

そして、用意された食材を用いて実際に調理するのがミチオの役目。現場での指揮の一切《いっさい》は、ミチオに任せていた。彼は、それだけの能力を持っていたし、センスも持っていた。ボクが監督にならなくてよかった。彼の指揮を見ていると、そんな気持ちにさせられる。映画製作の過程では、お互《たが》いの持ち味が存分《ぞんぶん》に発揮《はっき》できていたように思う。

この映画には、「一滴《いってき》の水」というサブタイトルが付けられていた。それは、トオルの夢に登場した父親が、息子に語るシーンから取られている。

〈人間は、一滴の水のようだ。一滴の水は、大海に落ちてしまえば、その存在が分からなくなってしまうくらい、ちっぽけなもの。だが、大海は、その一滴一滴の水から成り立っているのだ。それは人間も同じ。今のトオルは、人間ひとりがいなくなったところで、どうってことはないと考えてしまっていないか。だが、この世界は人間ひとりひとりで構成されているんだ。そう考えれば、ひとりひとりが価値のある、大切な「生命」なんだよ〉

ボクは、この台詞《せりふ》が好きだった。だが、映画を撮り終えて、水と人間の決定的な違いに気付いた。水は、どの一滴を取っても同じ水。だが、人間はひとりひとりが「違い」を持っているのだ。

「適材適所《てきざいてきしょ》」という言葉を実感できたのは、この時が初めてだったと思う。ミチオのように現場を指揮できる人間ももちろん必要だが、そこまでの段取りを得意とするボクのような人間も必要だろう。エノのように黙々と裏方《うらかた》をこなす人間もいれば、スクリーンに映《うつ》し出されて初めて持ち味を発揮する人間もいる。

お互いの「違い」を「持ち味」として生かすことで、これだけすばらしい映画が撮れる。そのことを学んだだけでも、この映画を撮った価値は十分にあったと思う。

ボクは、宣伝用のパンフレットに、次のようなことを書いた。

「みんなが次の世代に伝えていきたいことって何ですか？　生きることの尊《とうと》さや、人と人とのふれあい……　いろいろあるけど、そんなことを考えているうちに、今まで気付かなかった、自分のいちばん大切なものが見えてくるんじゃないかな」

数学は7点……

人気者⁉

もともと、勉強が好きな方ではなかった。とくに高校生になると、文系と理系とに分かれていく。文系のボクは、数学や物理といった理系の教科が大の苦手となる。その苦手意識は、如実《にょじつ》に点数に表れていった。

高校に入って最初の定期試験は、まずまずの成績だった。数学も平均点そこそこで一安心。だが、ここから下り坂を転げ落ちるように、点数が急降下していく。無理もない。あれだけ朝から晩までアメフトのことを考えていれば、点数が下がらない方がおかしいだろう。

ただ、アメフト部の名誉のために言っておくと、部活にも一生懸命に打ち込み、勉強にも身を入れて、いい成績を収めている子もいた。だが、ボクには到底《とうてい》できない。何かひとつのことに打ち込んでいると、他のものが見えなくなってしまうボクにとって、「両立《りょうりつ》」という言葉はとても遠い存在だった。こうして、ボクは初めて「落ちこぼれ」となっていった。

ある日、アメフト部の友達とふたりで廊下を歩いていた。彼も、なかなかの「落ちこぼれ」だ。すると、隣のクラスの女の子がヒソヒソ話をするのが聞こえてきた。

A子「来た来た、アメフトのバカコンビ」

B子「このまえの数学のテスト、ふたり合わせて5点だって」

A子「うっそー、マジで？　笑っちゃうね」

これを聞いたボクは憤慨《ふんがい》した。「ちょっと待て。確かにふたり合わせて5点という事実に誤《あやま》りはないが、ボクひとりでも5点だぞ。こいつは0点なんだから」と、訂正《ていせい》しようかと思った。が、やめた。「目くそ、鼻くそを笑う」だ。

こんなことは日常茶飯事だった。もちろん、バカにされているわけだが、決してイヤではなかった。

「お、話題にされてる。なんだか人気者になった気分だ」

ここでも目立ちたがり屋精神が発揮され、恥ずかしいという気持ちはみじんも起こらなかった。ここまで来ると、本当のバカかもしれない……。

出席番号

このように自分自身はなんとも思っていなかったのだが、どうしても勉強せざるをえない状況を迎えた。「仏《ほとけ》の顔も三度まで」ではないが、ついに数学の先生の堪忍袋《かんにんぶくろ》の緒《お》が切れたのだ。1年生の秋のことだった。

この先生は、日頃からボクを気に留《と》めてくれていて、読んで気に入った本を貸してくれたりしていた。また、「髪や頭皮《とうひ》にいいのよ」と言って、マヨネーズやヨーグルトで洗髪《せんぱつ》をする、ちょっと変わった先生でもあった。その先生が、厳しい口調でボクをたしなめた。

「あなたは、決してデキが悪いわけじゃないの。部活にウツツを抜かしているだけ。今度のテストで40点を下回ったら、部活に出ることを禁止します」

これは、一大事だ。アメフトに一生懸命で勉強どころではなかったのに、そのアメフトが奪《うば》われてしまう。何がなんでも、40点以上取るしかなかった。だが、そんなに簡単なものではない。基礎ができていないのだから、その回のテスト範囲だけを勉強しても無駄《むだ》。教科書を何度も読み返し、時には後戻《あともど》りして問題を解く。得意な人にとっては何でもないことなのかもしれないが、ボクにとっては地獄の苦しみ。何度も投げ出したくなった。

どうやら人間は、切羽《せっぱ》詰まった状況に置かれると、実力以上の力を発揮するようだ。65点。平均点をもわずかに上回る、ボクにとっては「高得点」だった。こうして、その先生にも納得してもらい、今までどおり部活に参加できることとなった。こんなに部活が楽しいものだと感じることができたのも、ボクが数学が苦手なせい⁉

後日談《ごじつだん》として、こんなことがあった。2年生になって数学の担当が替わり、件《くだん》の先生とも顔を合わせる機会があまりなくなった。１学期の学期末テストが終わり、もうすぐ夏休みという頃、学校の前の通りで先生の姿を見かけた。先生もボクに気付いてくれたようだ。しかし、大通りをはさんで向こう側とこちら側。容易に会話することはできない。そこで先生は、手を口にあてがいメガホン代わりとすると大声で叫んだ。

「オトタケくーん。今回のお追試《ついし》は、どうだったー?」

先生、ヤメテョー。そんな大声で追試の話なんて。しかも、好きな女の子とふたりで歩いてる時なんて、こんなにタイミングの悪いことはない。それに、今回は赤点じゃなかったんだよー。

数学は、最後まで苦手だった。3年生になると、5回の定期試験とは別に、学力テストというものがある。「こんなの自由参加にすればいいのに」とブックサ文句を言いながらも、仕方なく受ける。他の教科も決して自慢できるような実力ではないが、こと数学に関してはサッパリ。何を聞かれているのかが分からないのだから、何を書いたらいいのかも分からない。本当にお手上げだった。

どうして、テストというものは忘れた頃に返ってくるのだろう。一応は結果が気になり、返却された答案をチェックする。が、どこにも点数が書いていない。ボクの出席番号である「7」という数字が隅《すみ》っこに鉛筆で書かれているくらい。

何度見ても、やっぱり書いていないので、前の席の子の答案を覗《のぞ》き込む。「147」と書かれている。それも鉛筆で。も、もしや……と思い、隣の子のも覗き込む。「123」、やはり鉛筆書きだ。大いなる勘違い。ボクが出席番号だと思っていた「7」という数字は、そのテストでボクが獲得した点数だったのだ。

200点中の7点。やっぱり、数学は嫌いだ。

将来の夢

大きくなったら……

「高木先生は、ボクとツッちゃんの敵だよ」

そんな宣戦布告《せんせんふこく》をしたのは小学校2年生くらいのことだっただろうか。先生は、ビックリして尋《たず》ねた。

「どうして、先生は君の敵なの?」

「だって、先生は巨人ファンでしょ。ボクとツッちゃんは阪神ファンだもん」

「君のお父さんだって、巨人ファンだろ。じゃあ、お父さんも君の敵かい?」

「そうだよ。だから、パパと高木先生がなかよしになればいいんだ」

「でも、阪神は最近、弱いじゃないか」

「うん。だから、ボク、大きくなったらプロ野球選手になって、阪神に入るんだ」

これが、生まれて初めて憧《あこが》れた職業だった。手も足もない子の将来の夢が、「プロ野球選手」だというのだから呆《あき》れてしまう。だが、他の子どもが「パイロットになりたい」だの「電車の車掌《しやしよう》さんになりたい」だの、将来の夢をコロコロと変えていくように、ボクもそれほど強く「プロ野球選手になりたい」と思っていたわけではなかった。その後の変遷《へんせん》をたどってみる。

小学校3～4年生になると、今度は、「将棋《しようぎ》の棋士《きし》になるんだ」と言い出した。先を読む力を問われる、この知的遊戯《ゆうぎ》には、障害の有無《うむ》はまったく関係がない。何かひとつ、誰にも負けないものをつくってやりたいという思いから、高木先生が教えてくれた将棋。そして、そのおもしろさにボクもすっかりとりつかれた。本を読むなどして勉強し、友達を家に呼んでは、将棋を指して遊んだりしていた。

だが、「数年のうちに、かなり上達するのでは」という先生の期待を、ボクは見事に裏切った。たしかに、クラスのなかでは強い方となったが、高木先生に敵《かな》わないのはもちろん、クラスのなかにも敵わない子が何人かいた。高学年になって、やっと気付いた。「こんなに弱いんじゃ、プロになんてなれっこない」

6年生になって、「アメリカの大統領になりたい」と突拍子《とつぴようし》もないことを言い出した。どうして、そのように思ったのかは、今でも分からない。だが、これは3日間で断念した。アメリカ合衆国の大統領になるには、アメリカ国籍《こくせき》を取得しなければならないと聞いたのだ。

さすがに、日本人でなくなることには抵抗《ていこう》を感じた。けれども「アメリカの大統領を断念して、日本の首相に」とは考えなかった。当時のボクにとって、日本の首相とは、あまり魅力的な職業ではなかったようだ。

弁護士《べんごし》

本格的に「将来の夢」を意識し出すようになったのは、中学生になってからだった。その職業は、弁護士。きっかけは、何でもないようなことだった。当時、反抗期の激しかったボクに対して、母が「あなた、そんなに口ゲンカをして人を負かすことが好きなら、いっそ弁護士にでもなったら」と皮肉を言ったのだ。反抗期のくせに、どうやらその皮肉だけはバカ正直に受け取ったらしい。

「弁護士か……いいな」

たったこれだけのやりとりで、5年間も「弁護士になりたい」と思っていたのだが、その夢も高校3年生の時に方向転換することとなる。

ある日、司法《しほう》試験に関する新聞記事を目にした。その記事は、司法試験に合格することがいかに困難かを書いたもので、とくに合格者の平均年齢は29・3歳というデータに、ボクの目は奪われた。ほとんどの受験生が、大学在学中から勉強を始めることを考えれば、司法試験にかける期間は約10年。その間、ずっと勉強漬《づ》けになっていなければならないかと思うと、背筋がゾッとした。

友達には、「いいじゃない。その後にはバラ色の人生が待っているんだから」と言われたが、やはり感受性の豊かな20代の丸々10年間を、勉強のみに費《つい》やしてしまっていいものだろうか。そんな疑問がわいてきた。

答えを出すのはむずかしかった。確かに、一心不乱《いっしんふらん》に勉強に取り組むことでしか得られないものというのも、あるのかもしれない。そういった人生を否定することは、ボクにはできない。しかし、それは「ボクの生き方」には適《あ》わないと思ったし、それができるほどの忍耐力《にんたいりょく》も持ち合わせてはいなかった。

ここで、ボクは果たして本当に弁護士になりたいのだろうかと考え直すこととなる。中学生の時に、母との間に交《か》わされた他愛《たわい》のないやりとり。それだけのきっかけで思い続けてきた弁護士への夢。ボクは、ただ「憧《あこが》れて」いただけだということに気付いた。弁護士ってカッコイイ。人前で話すのも得意だし、試験も暗記物が多いならなんとかなるかもしれない。お金もいっぱいもらえるみたいだ。単に、そんな理由から弁護士を志望している自分に気付くと同時に、実際に弁護士をしている方々に対して申し訳なく思えてきた。

「弱い立場の人々を救いたい」「法の下《もと》において、人間はすべて平等なのだ」本来ならば、そのような理由から弁護士、法律家を目指すのだろう。だが、ボクは違った。このまま法律の世界を目指すのは、とても失礼なことだと思ったし、また、自分自身も後悔するような気がした。

「弁護士ってカッコイイ」――これは、弁護士という職業への憧れであって、「どんな仕事をしているのか」という部分にはまったく考えが及んでいない。それでは、長続きしないだろう。どんな職業であっても、必ず苦難が伴《ともな》うはずだ。そんな時、「この職業はカッコイイ。なんとなくなりたかった」では、その苦難を乗り越えるどころか、きっと逃げ出してしまうこととなる。

大切なのは、「社会において、何をしたいのか」だと思う。そのことさえ、しっかりと把《は》握《あく》していれば、道は自然に開けてくるはずだ。その「やりたいこと」を実現するためには、どんな職業があるのだろう。そのような職業がなければ、自分で創《つく》ってしまえ。それくらいの強い気持ちがなければ、仕事としてやっていけないだろうし、また、仕事の内容に納得できなければ、自分の職業に「誇り」を持てないだろう。社会はそんなに甘くないのかもしれないが、「仕方なく」仕事をするなど御免《ごめん》だ。

「弁護士ってカッコイイ」――まったくの本末転倒《ほんまつてんとう》だった。

揺れる進路

当時のボクは、生意気だった。「やりたいこともないくせに、大学へ行くヤツなんて」と、世間に流されて大学へ行く風潮《ふうちょう》を批判などしていた。だが、自分がその立場に立つことになる。弁護士になりたいという思いが消えた時、それに代わるような選択肢《せんたくし》はなかった。「やりたいこと」がなくなった時、大学は遠い存在となったのだ。

なんとなく、願書《がんしょ》は出してしまった。だが、そんな気持ちのまま勉強などできるはずもない。周囲からは、大学は「一応」行っておいた方がいいと勧《すす》められたが、その「一応」がイヤだった。アメフト部も引退し、映画も撮り終わり、受験勉強をするでもない。とても無駄な時間を過ごしているのは分かっていたが、自分ではどうすることもできなかった。目標のない生活というのが、こんなにつらいものだとは、この時に初めて感じた。関東制覇だ、戸山祭だと走り続けてきた反動だったのかもしれない。

あっという間の半年間だった。高校卒業と同時に、ほとんどの友人が大学への進学を決めたり、予備校探しに奔走《ほんそう》したりと、「新しい道」へ向かってスタートを切っていた。そして、ボクひとり、ポツンと取り残されていた。

そんな時、ある友人がこんなことを言ってくれた。「オト、理想を追いすぎだよ。18歳やそこらで『何をやっていきたいか』なんて決まっている人は、そんなにいるもんじゃない。もちろん、やりたいことをするために、学びたい分野を勉強するために大学へ行ければいちばんいいのだろうけれど、何がやりたいのかを見つけるために大学へ行くんでもいいんじゃないのかな」

この一言で、目が覚《さ》めた。よし、大学へ行こう。

予備校探し

高田馬場《たかだのばば》という街《まち》は、学生街として有名だ。しかし、この街には、もうひとつの顔がある。それは、「予備校の街」。高田馬場駅の周辺には、有名・無名を問わず、おびただしい数の予備校がある。どこに行こうか迷ってしまうほどだ。とくにこだわりもなく、家から近ければ、どこでもよいと考えていたボクには、絶好の条件だったといえる。だが、これが大きな間違いだった。

友達が高校時代に通っていて、とてもよかったと言っていた予備校に立ち寄る。

「あのー、4月からここでお世話になりたいんですが」

「少々、お待ちください」と言って、受付の女性が奥へ消える。パンフレットでも持ってきてくれるのかな、などと考えていたが、とんでもない誤りだった。

「当校には、エレベーターや車椅子用トイレなどの設備が整っていないため、お受け入れすることはできません」

これには、軽い衝撃《しょうげき》を受けた。気を取り直して、他の予備校へ。やはり、同じような理由で断られた。「ボクは、自分の足で階段を上ることが可能ですからエレベーターは不要ですし、トイレも車椅子用でなくてけっこうです」と言ってみたが、結局は「何かあった時の責任が取れない」ということで断られてしまった。

その後も、片《かた》っ端《ぱし》から「予備校巡《めぐ》り」をしたが、成果はなかった。入り口のところに段差《だんさ》があり、「入れてください」と頼むことすらできない予備校もあったし、ひどい時など「ちょっと車椅子の方は……」という断り方をされたこともあった。何だよ、入り口のところに「車椅子禁止」なんて書いてなかったぞ。

それでも、激しい怒りを覚えるということもなかったし、悲嘆《ひたん》に暮れるというわけでもなかった。ただただ、驚かされた。

「へぇー、車椅子に乗っているって、けっこうたいへんなことなんだ」

両親、先生、友人……すべてに恵まれて育ってきたボクには、自分が「障害者」だと意識する機会がなかった。障害者としての壁にぶつかったのは、この時が初めてだったと言えるかもしれない。

しかし、ただ驚いている場合ではなかった。せっかく大学へ行こう、勉強をしようと思った時に、その環境が見つからないのだ。ボクには、自宅でひとりで勉強を進められるほど強い意志がなかったので、どうしても通うことのできる予備校が必要だった。さて、困った。

そんな時、家に届いたダイレクトメールで、3大大手のひとつと言われる駿台《すんだい》予備校が近くにあることを知った。大手などは、当然受け入れてくれないだろうとなかば諦《あきら》めながらも、さっそく、偵察《ていさつ》にでかけた。メインとなる校舎には階段があるのだが、新校舎と呼ばれる建物には段差もなく、エレベーターも完備。電動車椅子で十分に利用できる。あとは、許可が下りるかという問題だけだった。

最初に応対してくれた部長クラスの方は、やはり難色《なんしょく》を示した。「責任が……」と言っている。ここもダメか、そう思っていた矢先《やさき》に、若手職員の人たちが「前向きに検討してみましょうよ」と部長さんに反論。その甲斐《かい》あってか、話し合いは受け入れの方向で進んでいった。

話し合いの後、実際に車椅子で利用できるかどうかチェックするために、若手の方と一緒に校舎内を回った。

「一緒に、頑張りましょう」

エレベーターに乗る際に、そう声をかけてもらった。この一言で、どれだけ勇気づけられたか。今まで、何校も回って断られ続けてきたが、その苦労が一気に吹き飛んだ。長くて短い1年間、浪人生活が始まる。

バイク好きの男

ボクの通っていた駿台・新宿校は、通称「ウソつき校舎」とも呼ばれていた。普通、「新宿校」と銘打《めいう》っていれば、誰もが新宿駅周辺にあるものだと思い込んでしまう。だが、この校舎は、一駅隣の大久保《おおくぼ》に位置していた。

大久保まで、ボクの家からは電車で約2駅分の距離。毎日、電車に乗ることがむずかしいボクは、歩いて通うしかなかった。電動車椅子で、ちょうど30分。決して近くはない距離だったが、高田馬場の予備校がほぼ全滅《ぜんめつ》だった状況を考えれば、その遠さはまったく気にならなかった。

しかし、さすがに雨の日ともなると、状況は一変する。左肩と首を使って傘《かさ》をはさみ込み、風に吹かれても安定するよう、柄《え》の部分を足で押さえつける。そして、右手で通常どおり車椅子の運転。かなりの荒技《あらわざ》だ。この体勢は、いつも以上に体力を消耗《しょうもう》するだけでなく、視界の左半分が傘で覆《おお》われてしまうため、信号も見えにくかったし、急に飛び出してくるような車も目に入らない。このような危険な状態のなかで車椅子を30分走らせるというのは、かなり厳しいものだった。

それでも、めったにズル休みをしなかったのは、予備校生活が楽しかったからだろう。予備校が「楽しかった」なんて、不思議に思うかもしれないが、本当に楽しかった。駿台は、クラス制になっている上に、他の予備校と異なり座席が固定制だったため、友達ができやすかった。さらに、クラスの大半が同じ大学を目指していたことで、同じ目標に向かう「仲間意識」といったものがあったのかもしれない。

最初に知り合ったのはリキマルだった。180㎝近い長身にロン毛と細面《ほそおもて》の顔。後にボクの友達から、「あの人、クスリ(麻薬)やってんの?」と聞かれるほどに悪い人相。休み時間に、ひとりでプカーっとタバコを吸う姿を見ていると、とても近寄り難《がた》い雰囲気を持っていた。

ある日、休み時間に水を飲んでいたら教室に戻るのが遅くなり、授業が始まってしまっていた。そこへ、タバコを吸っていて遅くなったというリキマルと扉《とびら》の前で鉢合《はちあ》わせ。その授業は、やや怖い先生だったので途中入室するのがためらわれ、下のベンチで授業終了を待つことにした。リキマルと話をしたのはこの時が初めてだったが、イメージと違い、とても気さくな「イイ奴」だった。ボクのバスケ部時代のチームメイトが、リキマルの高校時代の友人だったことなどもあって、ふたりはすっかり意気投合《とうごう》。以後、ふたりでツルむようになった。

リキマルは、大のバイク好きで、予備校へもバイクで通学してくるほど。今まで、ボクの友達のなかにバイク好きなどいなかったため、彼の存在はとても新鮮だった。予備校には、地方から来ている子もいれば、都立高校とは雰囲気の異なる私立高校の出身者もいた。リキマルだけでなく、予備校での友達は、ボクの知らない世界を持つ人々が多く、それがボクの予備校生活を楽しくさせた一因だったかもしれない。

天王山《てんのうざん》である夏休みが終わると、一気に友達の輪が広がった。クラスの人数は100人以上とやや多かったが、その雰囲気は予備校というよりも、学校に近かったように思う。朝から弁当を持って葛西臨海《かさいりんかい》公園にピクニックに行ったり、しゃぶしゃぶの食べ放題に行って大皿16枚を平らげたり、夜の公園でボクの電動車椅子を使ったタイムレースをしたりと、アメフト漬けだった高校時代よりも、より「遊び」という部分が充実していた。友達とやりとりをするためにポケット・ベルを持ったのも、この頃だった。

しかし、この年のボクの本業は勉強。こんなに遊んでいて、だいじょうぶなのだろうか……。

奇跡《きせき》

ゼロからのスタート

高校時代が高校時代だっただけに、ボクの学力はひどいものだった。予備校が始まって、初めての授業、それは英語の時間だった。先生が、盛んに「S《エス》（主語）、V《ブイ》（述語《じゅつご》）、O《オー》（目的語）」という語を連発するのだが、ボクにはさっぱり意味が分からない。勇気を出して、隣の席の子に聞いてみた。

「ねぇ、SとかVとかOって、何のこと？　何かの暗号？」

隣の子は、「コイツ、俺のことをおちょくっているんだろうか。それとも、本当に何も分かっていないアホなんだろうか」という、憤怒《ふんぬ》とも同情ともとれるような眼差《まなざ》しを向けるだけだった。ボクは、大マジメだったのに……。

高校時代に、模擬《もぎ》試験などを受けたことがなかったので、当時の自分の偏差値など知る由《よし》もなかったが、百数十人いたクラスのなかでも、後方集団を形成するひとりだったことは、まず間違いない。しかし、ここから始めるしかなかった。1年間で、どこまで伸びるのか。まるで、他人事のように楽しんでいた。

そんなボクが目指したのは、早稲田《わせだ》大学。ボクが早稲田大学に抱いていたイメージは、「何かが起こりそう」というもの。よく、「人種のるつぼ」と表現されるこの大学には、とにかくさまざまな価値観を持った人が存在し、その個性がぶつかり合う、非常にパワフルで魅力のある大学だと思っていた。そして、そのような環境に自らの身を置き、自分自身にも「何かが起こる」ことを期待していた。他力本願《たりきほんがん》だと言われてしまえばそれまでだが、「やりたいこと」を見つけるために大学へ行く人間にとっては、最適な大学のように思えた。

理由は、それだけではない。それは、大学までの距離。戸山高校のために転居《てんきょ》してきた当時の自宅から早稲田大学の本部キャンパスまで、歩いて5分。文学部のキャンパスは、家の真正面に建っており、窓から様子がうかがえた。理工学部のキャンパスも、母校・戸山高校の向かいに位置している。数学はサッパリのボクが、理工学部の位置まで考慮に入れる必要はないのだが、ここまで近いと親近感も湧くものだ。他の大学へ行くこととなれば、また引っ越しもしなくてはならない。そのような理由もあった。家の目の前にある早稲田大学。しかし、そこまでの距離は近いようで遠かった。

初めに受けた模試が返却され、その結果を見たボクは啞然《あぜん》としてしまった。ボクの志望している5学部のうち、4つまでがE《イー》判定。残りのひとつもD《ディー》判定だった。「再考が必要」と書かれた結果用紙に、「何を考えているんだ。この成績で早稲田大学を受けるつもりか」とバカにされているような気がした。自分の実力が、まだその程度であることは自覚していたつもりだったが、改めてアルファベットで事実を示されると、悔しさを通り越して悲しい気持ちにすらなった。本当に、受かるのだろうか。

マイペース

ボクの勉強スタイルは、独特だったと言えるかもしれない。浪人生の生活というと、どうしても夜中の2〜3時まで勉強というイメージがあるが、ボクは違った。浪人中は、ほぼ毎日、10時過ぎには寝ていたのだ。「オマエは小学生か」と笑われそうだが、本当の話だ。体力のないボクは、とくに睡眠が足りていないと、翌日の調子が出ない。そこで、10時過ぎには寝てしまっていたのだ。

理由は、もうひとつあった。家にいると、勉強ができない。もちろん、家ではダラけてしまうということもあったが、何よりボクの部屋には机がなかった。ベッド、クローゼット、本棚《ほんだな》でほぼ満席状態のボクの部屋に、机を置くスペースはなかったのだ。よく、家に遊びにきた友達が、「本当に、これが受験生の部屋か」と驚いたのも、うなずける。

必然的に、家で勉強をする時にはリビングに行き、両親がテレビを見ている脇《わき》でするしかなかった。気が散って、はかどるわけがない。そこで、夜は寝てしまっていたのだ。その代わり、早起きをするようになった。6時半には起きて朝食をすませ、早々に予備校へ行ってしまう。そして、授業が始まるまでの間、自習室で勉強をしていたのだ。実は、この自習室というのも「特別な」自習室だった。というのも、通常の自習室は、階段を使わなければ行けない本館に設置されていたのだが、それではボクが利用できない。そこで、段差のない新館の1階にある準備室のような部屋が、「乙武用自習室」として用意されたのだ。これは本当にありがたかった。ボクの他には誰もいないので、この上なく集中でき、勉強もはかどった。授業を終えると、またここに戻ってきて勉強を続けた。

このようにして、朝から夕方までは集中して勉強をする。そして、家に帰ったら、父とプロ野球中継を観るなどリラックスして、10時過ぎには寝てしまうという生活だった。まわりからは、「マイペースだね」と笑われたが、誉《ほ》め言葉だと思っている。「自分のペースを崩《くず》さない」ことが大切なのだ。

ボクの受験教科は、英語・国語・日本史。国語は、元々のセンスによって、ある程度は決まってしまうだろうと、多くの時間を費やすことをしなかった。日本史は唯一《ゆいいつ》、高校時代に真面目に取り組んだ教科で下地もあり、秋以降の詰《つ》め込み作業で間に合うだろうと計算した。残るは、最も配点が高く、点数を伸ばすために必須《ひっす》と言われる英語。だが、ボクの英語の実力は冒頭で述べたとおりだ。

そこで、夏休みの最重要ポイントは英語となった。この夏だけは、自分でも驚くほど勉強した。ひどい時には、勉強をしながら食事を取ることもあった（よい子のみんなは、決してマネをしないように！）。毎日10時間以上は勉強をしていたと思う。

秋に入ると、また「マイペース生活」に戻したのだが、この夏の効果は目を見張《みは》るほどに表れた。クラスの最後方を走っていたボクの成績が、みるみる伸びていったのだ。9月頃には、クラスの真ん中ほどまでに、冬に入ると上位10人に入るようになった。

しかし、「行けるかな」と甘い考えを抱くことはなかった。相変わらず、模試での志望校判定が、E判定やD判定ばかりだったのだ。たまに、「今回はかなりできたぞ」と思う時があっても、C判定を出すのがやっと。たしかに、ボクの実力はついてきているが、まだまだ早稲田に受かるレベルには達していないということなのだろう。本番までに間に合うのだろうか、という焦《あせ》りがなかったわけではないが、「まだ数ヵ月ある」と自分に言い聞かせ、相変わらずのマイペースを崩さずに勉強を続けた。

星占《ほしうらな》い

1月15日。世間では成人式だが、受験生は「センター試験」で、それどころではない。早稲田大学しか受験しないボクは、センター試験が必要ではないので、翌日の新聞紙上で問題を解《と》いてみることにした。もちろん、遊び半分だ。

「やらなければよかった」――1時間後、後悔することとなる。センター試験の問題は90点以上は取らないと厳しいと言われるのに、最も得意なはずの日本史で、70点しか取れなかった。怖くて、英語と国語は解いてみる気にはならなかった。心配する親に、「だいじょうぶ、だいじょうぶ。センター試験と早稲田の日本史は、だいぶ傾向が違うようだから」と強がるボクの顔からは、明らかに血の気《け》が引いていた。

2月1日。この日から、主な私立大学の入学試験が開始される。いよいよ、受験シーズン到来《とうらい》だ。ボクの緊張も高まってくる。1〜2週間すると、数人の友達から「○○大学、受かったよ」と歓喜《かんき》の電話をもらう。まだ、受験すらしていないボクの焦《あせ》りは募《つの》る。早稲田大学の受験日程は私立大学のなかで、最も遅いのだ。

気を紛《まぎ》らわすように、早稲田大学の過去の入試問題を解く。「エッ?・?・?・」と思わず驚きの声が出てしまうほど、点数が取れてしまった。全体で7割強。日本史だけで言えば、8〜9割。何かの間違いではないかと思い、もう数年分を解いてみたが、やはり、かなりの得点を取ることができた。え、まさか、もしかして……期待は膨《ふく》らんだ。

2月20日。ようやく、ボクの受験が始まる。5学部受験するボクは、ここから5日間連続の試験となる。試験は、ほぼ丸1日かけて行われるため、体力的にはキツイが、念願の早稲田大学入学のため、気力で勝負するしかなかった。

初日であるこの日は教育学部。ボクの得意な日本史の配点が5学部中で最も高いため、受かるとしたら、この学部だろうと思っていた。しかし、ハプニングが起こる。2時間目の日本史の時間に、急にトイレに行きたくなった。予想以上の寒さと、緊張のせいもあったのだろう。だが、なんとか乗り切る。普通なら、次の休み時間にトイレに行けばすむことなのだが、ボクはひとりで用を足すことができない。我慢しながら、次の3時間目を待つしかなかった。

だが、状況は好転するどころか、ますます厳しくなる。体を揺すっていないと、我慢できないほどになってきたのだ。よりによって、この時間の試験は国語。暗記している内容を、目の前にある紙に書き写せばよいだけの日本史とは異なり、読解力と考察力がすべてだ。だが、ボクの頭はトイレのことでいっぱいで、筆者の主張が入ってくる余裕など、どこにもなかった。

終わった。1年間、頑張ってきた勉強。それは、「おしっこ」に負けた。

3月1日。合格発表初日。この日は、「問題の」教育学部と、最難関と言われる政経《せいけい》学部。どちらも望みは薄《うす》い。数日前に、いくつかの予備校が配布した模範《もはん》解答で自己採点をすると、ボーダーラインぎりぎり。もしかしたら……という期待があったのだが、家では誰も信じてくれなかった。それは、そうだろう。トイレに行きたくて、まともに試験を受けられなかった学部と、私立大学文系学部では最難関と言われる学部だ。期待をする方が間違っているのかもしれない。

そんなわけで、ボクひとり、期待に胸ふくらませていたのだが、両親の様子はボクと好対照だった。受かるかどうかで気を揉《も》むどころか、落ち込んで帰ってきたボクを、どのように傷つけずに出迎えるかという相談をしていたというのだから失礼してしまう。さらに、朝の情報番組での星占いコーナーが、彼らに追い討ちをかけたそうだ。ボクの星座である牡羊座《おひつじざ》の今日の運勢が「大勢の人の前で、恥ずかしい思いをする」というもの。ふだんは、星占いなど信じない彼らだが、この時ばかりは完全に諦めたと言う。

ドシャ降りだった。涙雨《なみだあめ》にならないことを祈りつつ、会場へ向かう。と言っても、自宅から5分だ。あれこれと考える間もなく到着してしまった。高校受験の時も、結局は母が見に行ってくれたので、「合格発表」なるものを体験するのは初めてだった。テレビで見るように、人込《ひとご》みをかき分け、掲示板《けいじばん》の前まで進み……という光景を想像していたボクはがっかりしてしまった。かき分けるほどの人がいないのだ。すでに、他大学でいくつかの合格をもらっている人にとっては、ドシャ降りのなかを朝早くから来るほどではなかったのだろう。

「他の奴とは、早稲田大学にかける意気込みが違うんだ」などとバカなことを考えながら、まずは政経学部の掲示板へ向かった。

「4664、4664、4664……」と口のなかで唱《とな》えながら、掲示板に目を走らす。あ、あれ、おかしいな。何度見ても、間違いはない。なぜか、掲示板には4664という4ケタの数字が表示されていた。そうか、ボクの受験番号は6446だったのか、と思って受験票を取り出して確認するが、やはりそこには4664と印刷されていた。受かっていたのだ。早稲田大学に、このボクが！

信じられなかった。夢のようだった。まさか、受かっているなんて。それも全学部だ。とにかく、早稲田大学へ行きたい。ただ、それだけだった。そこで何を勉強するかなど考えてもいなかったし、選べるほど多くの学部に合格するとも思っていなかった。1週間ほど、悩んだだろうか。

1ヵ月後の入学式。ボクは早稲田大学政経学部政治学科の新入生として、その場に臨《のぞ》んだ。

第3部

早稲田大学時代

心のバリアフリー

衝撃《しょうげき》デビュー

異色《いしょく》集団

'96年度、早稲田大学入学式は小雨の降るなか、行われた。入学式当日のキャンパスは、想像を絶する人出。原宿《はらじゅく》・竹下通《たけしたどお》りだって、この日の早稲田大学には敵《かな》わないだろう。1万人近い新入生が集結するだけでなく、その新入生を手ぐすね引いて待っている在校生の数が、またすごい。もちろん、自分たちのサークルに勧誘《かんゆう》するためだ。

戸山高校の入学時にも、上級生の新勧《しんかん》（新入生勧誘）活動に圧倒《あっとう》され、少しは免疫《めんえき》があるはずなのだが、その比ではなかった。両手を前に出して、キャンパス内を数十分歩き回っただけで、各サークルのビラが100枚近く積み上げられる。

だが、ボクらは、その賑《にぎ》わいから、まったくの蚊帳《かや》の外だった。「ボクら」というのは、アメフト部時代のチームメイト。揃《そろ》いも揃って浪人し、なかよく1年後に早稲田大学に入学した。しかし、ボクらは敬遠されて、むしろ当然だったかもしれない。この混雑のなかでも、頭1～2個分、浮いている巨漢《きょかん》のリョウ。ボクらの学年のキャプテンで、貫禄《かんろく》充分、オヤジ顔のナリ。黒いスーツでビシッと決め、「何か、マフィアみたい」と言われるカゲ。そして、ボクはと言えば、髪が肩まである、いわゆる「ロン毛」。お世辞にもスーツが似合うとは言いにくく、友達にもさんざんからかわれた。

ボクが上級生でも、こんなメンバーがゾロゾロ歩いてきたら、まず声は掛けないだろう。少し歩いていると、突然、カゲが叫んだ。

「何だよ、今のヤツ。やっと、ビラを手渡されたと思ったら、オレの顔見て、引っ込めやがんの」

「そりゃそうだろ。だって、オマエの目つき悪いもん」

「言える言える」

「何だよ、それ。オマエらだって、たいして変わらないじゃん」

新入生の緊張感など、みじんもなかった。地方からひとりで出てきているような子は、一目で分かる。手続きでもらった紙袋をしっかりと握り締め、あたりをキョロキョロ。いかにも心細そうだ。それに引き換え、ボクらは4年も前から高田馬場に通っている。言わば、庭のようなもの。そして、アメフト部のチームメイトだけでなく、気心の知れた友達が多くいる。これで緊張する方がおかしい。理由はともかく、新入生らしい初々《ういうい》しさなどまったく感じられない、態度と図体《ずうたい》のデカイ連中だったことだけは間違いなかった。

　心強い仲間とともにスタートを切った大学生活。そこで、ボクが選んだサークルとは……。

人民の

　あまり積極的に勧誘されることのなかったボクは、自ら興味のあるサークルを探し出し、接触を取るしかなかった。まわりの1年生が、なかば強引に話を聞かされているなかで、「あのー、詳《くわ》しい話が知りたいんですけど」と切り出すのは、なかなか勇気が要った。

　アメフト部の他のメンバーは、大学でもフットボールを続けるようだった。「早稲田レブルス」というチームがあり、戸山のOBが屋台骨《やたいぼね》を支えるようになってから、関東で敵なし。高校時代に果たすことのできなかった「関東制覇」の夢を、今度こそ叶《かな》えてくれそうな強豪チームだ。だが、レブルスはボクの選択肢には入らなかった。高校3年間、裏方《うらかた》という立場でチームに尽くしてきたが、今度は自分自身が「個」として活動してみたかったのだ。そこで、大学ではフットボールはやらず、応援に回ることにした。

　その数は2000とも、3000とも言われる、早稲田大学のサークル。そのなかから、ボクが選んだのは、ESS《イーエスエス》。「English Speaking Society《イングリッシュスピーキングソサエティ》」の略であることからも分かるように、英語力の向上を目指すサークルだ。友達が入ったから、という軽い気持ちもあったが、ふだん、口うるさいことをまったく言わない父が、「英語だけはやっとけ」と口を酸《す》っぱくして言っていたのが頭にあった。

友達と連れ立って、ESSの説明会に行ったボクは、度肝《どぎも》を抜かれてしまった。400人は入ろうかという大教室が、半分以上も埋《う》まっている。先輩の話によると、例年、200人前後の新入生を迎えるという大所帯《おおじょたい》だ。驚かされたのは人数だけではない。このESSは、活動内容がハードなことでも有名らしいのだが、ボクは、その実態をすぐに思い知らされることになった。

入会した初日。「ハイ、これ」と、英語がビッシリ書き込まれている冊子《さっし》を手渡された。「何ですか？」と尋ねると、先輩はサラッと「あ、それ、今月末にあるスピーチコンテストの教科書」と言う。き、聞いてない……。

そのスピーチコンテストは、通常のものとは、やや趣《おもむき》が異なっていた。普通は、各自の考えを英語でまとめ、それを観衆《かんしゅう》の前で発表するというものだが、今回のコンテストでは、参加者全員が、まったく同じスピーチをする。そして、男子に課題として与えられたスピーチは、「人民の人民による人民のための」という、リンカーンの有名な演説だった。まずは、暗記するところから始めなければならない。その日から、ボクはトイレのなかでも「ピープル、ピープル」とツブヤク変なヤツにならざるをえなかった。くそー、せっかく受験勉強が終わったと思ったのに。

ファイナリスト

その冊子を開くと、まるで楽譜《がくふ》のようだった。ここは、強調する。ここは、比較的スラスラと。ここは、ゆっくりと情熱を込めて。全員が、同じ内容をスピーチするのだから、優劣を決める対象となるのは、英語の発音はもちろん、力強さ、雄大さ、スピード、抑揚《よくよう》などの「読み方」の部分になってくるのだ。大統領のスピーチなのだから、いかに堂々とスピーチするかも、評価の大きなポイントとなる。

ん、待てよ。態度のデカさなら定評があるハズ。英語の発音はともかく、人前で話をすることは、あまり苦手ではないぞ。中学校の時には、生徒会の役員をやっていたし、高校の卒業式でも、卒業生代表でスピーチをした。緊張の「き」の字も感じない。これは一丁《いっちょう》、ファイナリストとやらを狙《ねら》ってみるか。

ファイナリストというのは、ひらたく言うと、決勝戦進出者のことだ。200人前後の新入生が一気にスピーチをしたのでは、日が暮れてしまう。そこで、本番の1週間ほど前に上級生がジャッジとなり、予選が行われるのだ。そこで評価された上位10人が、ファイナリストとなり、本番当日に大勢の前でスピーチをすることとなる。

200人中、男子が100人とすれば、ファイナリストは10人にひとり。なかには、帰国子女《しじょ》までいるというから、かなりの激戦だ。発表は、3年生が部室で行った。名前が読み上げられるたびに、どよめきや拍手が起こる。8人目を過ぎても、ボクの名前は呼ばれない。やっぱり、ダメか。そう思った時に、「乙武くん、新宿ホーム」と呼ばれた。

　新宿ホームというのは、チームのようなものだ。ESSでは所属人数が多すぎるために、住んでいる地区ごとにグループ分けがされる。ふだんは、そのグループで活動するのだが、今回のような大会にはすべてのグループが参加し、対抗意識ムキ出しで争うのだ。そして、新宿に住んでいるボクは、「新宿ホーム」に所属していた。

　ボクの名前が読み上げられると、新宿ホームの仲間は大盛り上がり。まるで、自分が選ばれたかのように喜んでくれた。

「オト、当日も頑張れよ」

「会場まで応援しにいくからな」

　そんな声援を受けながら、ボクは冷静に考えていた。待てよ、帰国子女までいる英語のうまい奴等《やつら》と並べられちゃ、態度の大きさだけで選ばれたボクとは雲泥《うんでい》の差。大勢の前で、みっともないことにならなければいいけどなぁ。

Mr.《ミスター》 OTOTAKE《オトタケ》

　当日は、スーツを着てこいと言われた。会場も、どこかの教室などではなく、地区会館などを貸し切って行われるという。予選では上級生が務めていたジャッジも、本番では英語を母国語とする外国人が務めるそうだ。なんだか、思っていたよりも本格的だ。本当にボクなんかが出てしまっていいのだろうか。そんな不安な気持ちになってきた。

少しでも恥をかかないように、あらためて発音の練習に励んだ。「ヴ、ヴ」日本語の発音にない「v《ブィ》」の音は、意識的に下唇《したくちびる》を噛《か》まねばならず、要注意だ。「L《エル》」と「R《アール》」の違いもむずかしいし、「th《ス》」などは、何度やっても空気漏《も》れのような音しかでない。こんな調子で、だいじょうぶなんだろうか……。

ボクの出番は遅く、午後の部だった。前半に出場したファイナリストたちは、やはりうまい。ちゃんと、「英語」をしゃべっていた。昼食のための休憩に入ったが、食事がノドを通らない。ひとりで、ブツブツ練習していた。こんなに緊張するなんて、自分でも驚くばかりだった。

くそー、日本語でのスピーチなら、誰にも負けない自信があるのに。よりによって、英語だなんて。高校時代だって、「3」しかもらったことないのに……。ここまで来ると、本来の負けず嫌いが頭をもたげて、「英語力の向上」という当初の目標は、どこかへ吹き飛んでしまっていた。

「Four《フォー》 score《スコアー》 and《アンド》 seven《セブン》 years《イヤーズ》 ago《アゴー》」ボクがスピーチを始めると、会場がシーンと静まり返った。その静寂《せいじゃく》は、なんとも言えず心地のよいもので、ボクはなかば陶酔《とうすい》していた。人前で話すということは、こんなに気持ちのよいものだったろうかと、不思議に思うほどだった。「人民の～」というくだりでは、自分自身が大統領であるかのように思えた。「こいつは、バカか」と思われそうだが、本当の話だ。

「First Prize《ファーストプライズ》、Mr.OTOTAKE《ミスターオトタケ》（優勝は乙武くん）」

誰が優勝するんだろうと思って、キョロキョロとあたりを見回していたボクを、みんながいっせいに振り返る。一瞬、何が起こったのだか分からなくなった。たしかに、聴衆を魅《ひ》きつけたという自負《じふ》はあったが、まさか優勝するなどとは、夢にも思っていなかった。家に帰り、びっくりするほど立派なトロフィーをボンヤリと眺《なが》めた。

「何かが起こる」ことを期待して入った早稲田大学。これは、もしかしたら想像以上のことが起こるかもしれない。とてつもないストーリーの始まりなのかもしれない。

宝の持ちぐされ

Vintage《ビンテージ》'96

劇的な優勝から2ヵ月後、ボクはESSを辞《や》めてしまっていた。もともと、友達のつきあいで入ったサークルで、初めから4年間続けるつもりはなかった。かといって、たった2ヵ月で辞めるつもりもなかったのだが……。これには、ふたつの理由があった。

まずは、活動に嫌気《いやけ》が差したこと。スピーチの次に英語劇があり、その練習のために、大学前の広場で大声でセリフを言わされた。これが、恥ずかしい。「ボクは、お遊戯をするためにに入ったんでもないし、演劇部に入った覚えもないぞ」と、なんだかんだと理由をつけては練習をサボった。この英語劇は、明らかにボクの辞める時期を早めた。

ふたつ目は、他のサークルが忙しくなってきたこと。どちらかというと、こちらが本当の理由だった。ボクの入っていた、もうひとつのサークルとはAIESEC《アイセック》という学生団体。

日本語名を「国際経済商学学生協会《こくさいけいざいしょうがくがくせいきょうかい》」と言い、名前のとおり、国際交流やビジネスに深い関わりがあった。学生に対して就職に関するセミナーを開いたり、海外の企業との間でインターン・シップ（実習訓練）を促進《そくしん》させたりというのが、主な活動内容だ。ボクは、入学当初から、こちらのサークルに本腰《ほんごし》を入れており、夏の一大イベントが近づくにつれて、その準備が忙しくなってきた。

「Vintage《ビンテージ》'96」という夏のイベントは、先輩たちが約1年がかりで準備してきたものだった。100万円単位でお金が動く、かなり大掛かりなイベントだ。だが、学生が運営している以上、そんな大金は天からでも降って来ない限り、手にすることはできない。そこで、企業まわりをする。

まずは、電話で概要《がいよう》を話し、アポ取り。この段階で電話を切られることもしばしばだ。スーツを着て、名刺を携《たずさ》え、いざ企業へ。AIESEC《アイセック》とは、どういった団体なのか。そして、今回のイベントは、何を目的に、どんなことをするのか。ここまで話して興味を持ってもらえると、今度はお金の話に移る。資金面での協力をしてほしい、ということだ。

せっかく学生という身分なのに、どうして社会人の真似事《まねごと》のようなことをするのかという批判もあったが、この「渉外《しょうがい》」と呼ばれる活動は、ボクにとって大きな魅力があった。

肝心の内容だが、これが一口に説明するのが難しい。ビジネスという切り口で、ライフデザイン、つまり「どう生きていくのか」を考えようというテーマで、アジアを中心とした海外の学生を招き、セミナーを開催。代々木にあるオリンピック・センターの宿泊施設を借りて行われ、1週間前後の長丁場《ながちょうば》となる。昼は、各国のビジネスについて討論《とうろん》がなされたり、日本のビジネスの現状を視察に行ったり。そして、夜は夜で大盛り上がり。やはり、そこは学生だ。国境を越えた大宴会が催《もよお》される。各国から持ち寄られた料理、おつまみ、お酒でドンチャン騒ぎ。毎日、睡眠時間が3〜4時間という生活だった。

楽しかった。この夏、最大の思い出だ。イベント中や、終わった直後は、そう思っていた。ただ、その後の活動を続けていくうちに、それだけではないことに気付いた。ボクのなかに、しっかり「Vintage《ビンテージ》'96」の意図していたことが根付いていたのだ。

この夏を終え、ボクは「どう生きていくのか」を真剣に考えていくことになる。

転機

ある秋の夜長、なかなか寝付《ねつ》けずにいたボクは、ぼんやりと考えごとをしていた。さて、これから、どのようにして生きていこうか。

「どう生きていくのか」という問いは、そのまま「どのような人間になりたいのか」「何を最も大切にしていくのか」という問いにつながっていった。そこで、ボクは大切なことに気付いた。

それまで、ボクが最も重要視していたのは、今から考えてみると、お金や地位・名誉といったものだったと思う。中学・高校を通して憧《あこが》れていた弁護士も、「弱い立場の人を救いたい」という思いからではなく、そのカッコよさ、収入の多さから来る憧れだった。AIES《アイセ》EC《ック》に魅力を感じたのも、国際交流という部分ではなく、ビジネスという部分だったことは否《いな》めない。「異文化を理解したい」という思いよりも、ビジネス界で一旗《ひとはた》あげて……という野望のような気持ちの方が強かったのだろう。悲しいことだが、これは認めざるをえない事実だった。

だが、そのような自分の価値観に気付かされた時、ハッキリと「そんな人生はイヤだ」と思えた。どんなに大金を持っていたって、死んでしまったら意味がない。また、いくら地位や名誉があったところで、まわりから嫌われていたら、そんなにつまらないことはない。つまり、お金や地位・名誉があっても、いい人生とは限らないのだ。

では、大切なことって何だろう。この問いに対する答えは、人それぞれ違って当然だと思う。やっぱり、お金や地位・名誉がいちばんだと考える人もいるかもしれない。それが、「価値観の違い」と言われるものだ。

ボクの答えは、比較的すんなりと出てきた。他人や社会のために、どれだけのことができるのか。まわりの人に、どれだけ優しく生きられるのか。どれだけ多くの人と分かり合えるのか。どれもむずかしいことではあるけれど、これが実践《じっせん》できれば、ボクの人生は幸せだったと胸を張れる気がする。ただ、どれを目指すにしても、絶対に譲《ゆず》れない大前提があった。

それは、「自分を最も大切にしながら」というものだ。

するとは今度は、「大切にすべき自分」とは、一体、何者なんだろうということになる。「人間は、なぜ生きているのだろうか」などと、哲学者のようなむずかしいことまでは考えなかったが、あらためて、自分とはどういった人間なのだろうかと考えさせられた。

ここで、真っ先に出てきたのは「障害者」という3文字だった。このことは、まわりからみれば、ごく自然な流れなのかもしれない。だが、ボクにとっては驚くべきことだった。それまで、自分が障害者だということを意識して生きてきたことがなかったのだ。

ある程度のことであれば、身の回りのことも自分でできてしまう。どうしてもできないことがあっても、両親や友達などが「やってあげる」ではなく「あたりまえのこと」として、自然に手助けをしてくれる。障害者だからといって、いじめを受けたこともなければ、何かを制限されたという記憶もない。「自分には手足があり、健常者《けんじようしや》とまったく同じだ」などと思い込んでいたわけではないが、自分が障害者であるということを自覚する必要も、機会もなかったのだ。

ボクが小学校高学年になると、子どもの頃からお世話になっている医師から、母は次のようなことを言われたそうだ。

「いやぁ、普通、こういった障害を持つ子は4～5歳になると、周囲と自分との差異に気付き、『ねぇ、どうしてボクには手や足がないの？』などという質問をするものなのですが、ヒロ君の場合は、結局そんなことはありませんでしたねぇ」

母は、これを聞いて「なんだか、『お宅の息子さんは、ちょっとオカシイんじゃないですか』と言われてるみたいで恥ずかしかったわよ」と言っているが、たしかに、そんな質問をした記憶も、そんな疑問を抱いた記憶もない。「障害者」としてではなく、あくまでもひとりの「人間」として生きてきたのだろう。

であるならば、どうしてボクは障害者なのだろう。多くの人が健常者として生まれてくるなか、どうしてボクは身体に障害を持って生まれてきたのだろう。そこには、きっと何か意味があるのではないだろうか。

障害者にはできないことがある一方、障害者にしかできないこともあるはずだ。福祉という観点から考えてみたい。政治家や官僚《かんりょう》の立場から「福祉が大事だ」と叫んでもらうことは、もちろん大切なことだ。しかし、実際に車椅子に乗っているボクのような人間が、一段の段差を前に、「ボクたちにとっては、この一段の段差が何よりの壁なんです」と訴《うった》えた方が、影響力は強いように思う。これは、ほんの一例であって、障害を持った人間しか持っていないものというのが必ずあるはずだ。そして、ボクは、そのことを成《な》し遂《と》げていくために、このような身体に生まれたのではないかと考えるようになった。

次の瞬間、頭に浮かんだのは「何やってるんだ、自分は」という思いだった。もし、そのような役目を担《にな》って生まれてきたのであれば、ボクはとても、もったいない生き方をしていることになる。せっかく与えてもらった障害を活《い》かしきれていない。言ってみれば、「宝の持ちぐされ」なのだ。

ただ、障害を持っているというだけではダメだ。それでは、お門違《かどちが》いの特権意識になってしまう。障害を持っているボク、乙武洋匡ができることは何だろうか。もっと言えば、乙武洋匡にしかできないことは何だろうか。この問いに対する答えを見つけ出し、実践《じっせん》していくことが、「どう生きていくか」という問いに対する答えになるはずだ。

ここまで考えがたどり着いた時、時計は夜中の2時を回っていた。しかし、すっかり興奮したボクは、それからもしばらくは眠ることができずにいた。「生きる」ということが、こんなに楽しいと感じたのは初めてのことだった。

ボクの人生は、大きなうねりを生み出しながら動き始めた。'96年11月13日、一生忘れられない夜となるだろう。

早稲田のまちづくり

偶然《ぐうぜん》の再会

動き出した流れは、止めることができなかった。そして、ボクは早くも翌日から、その流れに飲み込まれることとなる。そのタイミングのよさは、まさに神がかり的だった。前夜の寝不足がたたり、やや朝寝坊《ねぼう》。眠い目をこすりながら、1時間目の授業へと向かう。その時、「お～い、乙武くん」と、ボクを呼ぶ声がした。振り返ると、そこに立っていたのは横内《よこうち》さん。偶然の再会だった。

横内さんと会ったのは2ヵ月前。ボクが、AIESEC《アイセック》で企業を回っていた際に担当してくれたのが彼だった。彼の勤務先とは東京コロニーという会社で、働く意志と能力はありながらも、一般企業に就職することの難しい重度の障害者を雇用《こよう》し、印刷業務やコンピュータを使った仕事をすることで、彼らに自立の道を提供している、半官半民《はんかんはんみん》の社会福祉法人《しゃかいふくしほうじん》だった。

しかし、まだまだ利益は少なく、彼らが自立できるだけの賃金を得ることは、なかなかむずかしいという。そのような会社に、資金援助のお願いに行ったボクらは、まったくの勉強不足であり、見当違いもいいところだった。しかし、横内さんは、そんなボクらを嫌がることなく、さまざまな話をしてくれた。福祉、環境、会社、コンピュータ。誠実《せいじつ》な人柄と思慮《しりょ》深さが端々《はしばし》からうかがえる彼の話しぶりに、ボクらは一気に引き込まれた。最後には、事務所や印刷工場の現場なども案内してくれ、たった1日だったが、ボクの心に強烈な印象を残した人だった。

その横内さんが、早稲田大学のキャンパスに立っている。その事情は、次のようなものだった。

'96年12月から、東京23区内の事業系ゴミが有料化されることになった。そのことを念頭《ねんとう》に置いた早稲田の商店会が、「ゴミを出しただけでお金を取られたんじゃ、たまらない」と、夏頃からリサイクル運動を始めるようになる。そして、その夏、「エコ・サマー・フェスティバル・イン・早稲田」というイベントを開催した。

この「エコサマ」誕生の経緯《けいい》は、なかなかおもしろい。早稲田大学の本部である西早稲田キャンパスには、ふだんは3万人の学生がいる。街《まち》の人口が2万人強ということを考えれば、夏休み中の早稲田の人口は半分以下になってしまう。夏休みに入ると店を閉めてしまう商店も少なくない。そこで、「夏枯《なつが》れの街は淋しいね。何か、やろうよ」ということになって、イベント開催が決定した。

イベントの内容としては、小学生の合唱コンクールなど、さまざまな案が出されたが、最後には「環境をテーマにしよう」ということで落ち着いた。その背景に、事業系ゴミの有料化があったのは言うまでもない。そして、この動きに強力な助《すけ》っ人《と》が後押しする。新宿区は、「全面的に協力する」との約束をしてくれ、早稲田大学は、大隈講堂《おおくまこうどう》前の広場を貸してくれるという。大学の施設を地元に無料で貸すなど、創立以来、初めてのことだそうだ。こうして、条件がそろった。

話は、どんどん進んでいく。「環境をテーマにしたイベントで、会場からゴミがワンサカと出てきたんじゃ、カッコ悪いよね」ということになった。そこで、会場に「空《あ》き缶《かん》回収機」などの環境機器を設置し、イベントでの「ゴミゼロ」を目指した。この結果がスゴイ。当日は天気が悪く、ジュースやビールが200本しか売れなかったはずなのだが、回収機に集まった空き缶の数は1300。売ってもいないペットボトルが、130本以上集まった。全国でも珍しいこの取り組みを、NHKなどマスコミも取り上げた。1年目の試《こころ》みは、大成功を収めた。

しかし、ある大学関係者から「学生のいない夏休みにやって、何が成功だ」と言われた。「売られたケンカは買うしかない」と、キャンパスが学生であふれている時期に、もう一度チャレンジしてみようということになった。それが、今回の「ゴミゼロ平常時実験」だ。早稲田大学で1日に発生するゴミの量と、その組成調査が目的だという。

そして、この動きを個人的な立場でサポートしてきた横内さんが、今日は応援のために、早稲田へやって来たということだった。

出会い

会社の仕事とは、まったく関係のないところで、このような活動をしているなんて、やっぱり横内さんという人はスゴイなぁと感心していると、向こうからひとりの紳士が近付いてきて、横内さんに紹介を求めた。彼は木谷《きたに》さんといって、早稲田地区を管轄《かんかつ》している新宿《しんじゅく》西清掃《にしせいそう》事務所の所長さんだった。木谷さんもまた、この早稲田の動きを応援しているひとりだという。

ふたりから、活動内容をもう少し詳しく聞いているうちに、木谷さんの口から、とんでもない言葉が発せられた。

「ボクらは、数ヵ月間活動してきたが、街が抱えている問題は、ゴミ・リサイクル問題だけではないことを学んだ。震災《しんさい》対策や地域教育など、さまざまな問題を含んでいる上に、それらが複雑に絡《から》み合っている。そのため、どれかひとつだけを解決していこうと思っても、なかなかむずかしいのだ。結局は、すべてを解決する方向で動いていかなければ、何も変わらない。そこで、ボクらは、これから『まちづくり』という観点から多角的な方向へ動いていこうと思っている。そのなかで、『バリアフリー』と呼ばれる、障害者・高齢者への対策にも積極的に取り組みたいんだけれど、こればかりは当事者である人々の意見が反映されなければ、まったく意味がない。そこで、君の力を是非《ぜひ》ともお借りしたい。一緒にやってみないか」

耳を疑った。「自分の障害を活かすような生き方をしていきたい」と考えるようになってから、まだ一夜しか明けていない。ほんの、7時間ほど前のことだ。それが、いきなり「実践」という場を与えられた。この流れは、何なのだろう。恐ろしいほどの力が働いているとしか思えない。とくに宗教を信仰しているわけではないボクでも、神の存在を信じざるをえないほどだった。

「よろしくお願いします」

気付くと、ボクは返事をしていた。「バリアフリー」とは、「障害者や高齢者にとって障《しょう》壁《へき》となるもの（バリア）を取り除《のぞ》く（フリー）」という意味だが、この言葉を聞いたのさえこの時が初めてというボクに、一体、何ができるのだろうか。そんな不安がないわけではなかったが、天が与えた絶好のチャンスを逃すわけにはいかない。大学生活の、いや、人生の新しい幕開《まくあ》きだった。

多士済々《たしせいせい》

この動きのリーダーは、早稲田商店会会長の安井《やすい》さん。この人が、とにかくオモシロイ。抜群《ばつぐん》のリーダーシップと強烈なインパクトを与えるスピーチで、一大ムーブメントを起こしている中心人物だ。早稲田の活動の原点ともなっている「安井語録」なるものがあるので、いくつか紹介したい。

「うちの商店会では、『失敗』と書いて、『経験』と読むんだ。つまり、失敗をしないということは、経験を積まないということ。俺たちは行政《ぎょうせい》じゃないんだから、失敗を恐れずに、どんどん動いていこう」

「市民参加という言葉があるが、俺たちがやっているのは、そんなスタイルじゃない。俺たちが場を作って、そこに行政に加わってもらう、言わば『行政参加』なんだ」

これらの発言は、一見ユニークなものに見えるが、実は誰もが持っていなければならない、あたりまえの感覚なのだ。だが、これらが彼独特のセンスにあふれた言葉で語られると、「お、なんだか早稲田の街でおもしろそうなことやってるぞ」となる。

また、彼の最大の魅力は、その風貌《ふうぼう》かもしれない。木谷さんが、「見るからに切れ者という男が話したんじゃ、そこまでのインパクトは出ないよ」と言うように、彼の丸い顔と丸い体は、初対面であっても親しみが持てる。

活動のおもしろさに、安井さんという「個」の魅力が加えられ、早稲田の動きに商店会の外からも人材が集まってきた。前出の木谷さん、横内さんを始め、行政・企業・大学教授・学生・マスコミなど、さまざまな立場の人間が集まってきた。まさに多士済々というところ。その様子を見て、木谷さんが「水滸伝《すいこでん》の梁山泊《りょうざんぱく》のようだな」と評したのも、うなずける。

しかし、これだけの人間が集まると、不都合なことも出てきた。それは、いかにして意見の交換をするかという点だ。いざ、ミーティングを開こうといっても、全員の予定が一致することは、まずむずかしい。万が一、日程の都合が付いても、今度は時間帯の問題がある。行政や企業の仕事が7〜8時に終わったとしても、9時まで営業している商店は、10時を過ぎなければ時間を取ることができない。そこへ、教授や学生の予定も入ってきたら……とても、会合を持てる状況ではない。そこで、導入されたのが、インターネットの電子メールを用いたやりとりだ。

RENET《リネット》

ここで、またコンピュータとの再会となる。岡先生の仕事を引き受けた小学生時代、アメフト部で相手チームの分析を手掛《てが》けた高校時代に次いで、3回目の出会いだ。だが、今度はインターネットという未知の世界との遭遇。これが、おもしろい。

通常、電子メールの世界では、手紙のやりとりと同じように、ひとりひとりが「アドレス」という住所のようなものを持っており、そのアドレスに宛て、メールを送る。しかし、ボクらが採用したのは、さらに一歩進んだ「メーリング・リスト」という方式だった。

ボクらのメーリング・リストはRecycle−net《リサイクルネット》の略で「RENET《リネット》」と名付けられた。そのRENET《リネット》でひとつアドレスを持ち、そのアドレスへメールを送る。すると、そのメーリング・リストに登録している全員に、まったく同じ内容のメールが届くという仕組みだ。そのメールに返信を送れば、そのメールが、また全員へ送られる。言わば、24時間ミーティングをしているようなものなのだ。

さらに魅力なのが、海外との通信だ。誰かが、「この問題については、海外ではどうなっているんだろう」と問題提起をすると、RENET《リネット》海外メンバーによって、ロンドンやニューヨーク、バンクーバーなどから、メールで各国の事情が送られてくる。このやりとりが、ほんの数秒で行われてしまうのだ。インターネットが、ここまで力を発揮するとは思ってもみなかった。

ボクは障害を持ってはいるが、幸いにして元気に外を飛び回っている。しかし、ボクと同じような障害を持っている方のなかには、肉体的・精神的理由によって、なかなか家のなかから出られずにいる方もいる。そのような方々にとっては、ボク以上に、このコンピュータというツールが大きな武器となってくるのではないだろうか。このインターネットという、家にいながらにして世界中を飛び回れるツールは、家のなかに閉じこもることを余儀《よぎ》なくされてきた人々にとって、画期的なものだろうと思う。コンピュータとの3度目の出会い。インターネットという武器と新たな仲間を得て、いよいよ大海原《おおうなばら》へ漕《こ》ぎ出していく。

エコ・サマー・フェスティバル

ケネディが残したもの

第1回のエコサマを開催し、「ゴミゼロ平常時実験」を成功させたメンバーを中心に、「早稲田いのちのまちづくり実行委員会」が結成された。

「いのちのまちづくり実行委員会」には、6つの分科会《ぶんかかい》がある。先端機器とユニークな発想で、早稲田独自のリサイクル・システムの構築《こうちく》を目指すリサイクル部会。「まちのバリア」「大学のバリア」「こころのバリア」を取り除くことを目指すバリアフリー部会。「自分たちの街は自分たちで守る」を合い言葉に、街ぐるみの防災を考える震災部会。ボクらの活動の生命線ともいえるインターネットの拡充《かくじゅう》・発展に努める情報部会。この早稲田という街を誇りに思ってもらえるよう、また、ボクらの取り組んでいる課題に問題意識を持ってもらえるようなイベントを開催する地域教育部会。「楽しく、儲《もう》かる」リサイクルを軸《じく》に、零細《れいさい》商店、地元商店会の活性化を図る、元気なお店部会。以上の6つだ。

そして、第2回の『エコ・サマー・フェスティバル・イン・早稲田』では、リサイクルについてのみ語られた前年とは違って、各分科会が独自の切り口で催し物を行った。

早稲田実業高校ブラスバンド部の演奏で幕が開き、大隈小講堂《おおくましょうこうどう》でのエコ・フォーラムでは「まちづくり」に関して貴重な意見交換がなされた。震災部会は地震体験のできる起震車を呼び、地元消防団は救助訓練を披露《ひろう》。インターネットを自由に体験できるコーナーでは、未知の世界に子どもたちが目を輝かせ、炎天下のフリーマーケットは、多くの人で賑《にぎ》わった。ボクと横内さんが担当した「チビッコ車椅子体験」では、子どもたちが車椅子で早稲田の街をぐるり。「車椅子って、たいへんなんだね」と、目を白黒させていた。

最後の締めは、新宿交響楽団による夕涼《ゆうすず》みコンサート。「ゴミ問題と音楽って、どんな関わりがあるの」という声も上がったが、これには実行委員長である安井さんの強い思い入れがあった。

彼が子どもの頃、ロバート・ケネディが来日し、大隈講堂で講演をしたことがあった。「米帝国主義打倒《べいていこくしゅぎだとう》」を謳《うた》っていた当時、ケネディが講演を終え、大隈講堂から出てくると、学生がケネディを取り囲み、「帰れ、帰れ」の大合唱となった。「何かが起こるぞ」と、これを遠巻きに見ていた安井少年は、信じがたい光景を目にした。「ボクには、知っている歌がひとつある」と、マイクを取ったケネディが、早稲田大学の校歌「都《みやこ》の西北《せいほく》」を歌い始めた。すると、不思議なことに、今まで罵声《ばせい》を浴《あ》びせていた学生が、一緒になって「都の西北」を歌い出したというのだ。

安井さんは、鳥肌《とりはだ》が立った。思想・信条・哲学をも越えて、人の心をひとつにしてしまう音楽。この音楽というものを街の子どもたちが聞いて、何かゾクゾクするような感覚を覚えてくれれば、この街はきっとよくなる。そのような想いがあった。

薄暗がりの空の下で、新宿交響楽団による演奏。すばらしい音色《ねいろ》に街の心がひとつになった。

申し入れ

ボク自身、エコサマに関わったのも、この第2回からだ。新聞の折り込みチラシとして、1万世帯の家庭に配られるエコサマ広報の作成。「30年後、この街からバリアがなくなる」ことを願って行った、チビッコ車椅子体験の指揮。フォーラムにおいて、そうそうたるメンバーが熱く交わした討論の後を受けてのファイナル・スピーチ。任されている仕事は多かったが、なかでもいちばんの大役は、バリアフリー申し入れ書の提出だった。

早稲田大学は、門のない「開かれた大学」を目指しているが、障害者にとっての門は、高く険しい。シンボルとも言われている大隈講堂は、車椅子のままでは入ることができないし、エレベーターや車椅子用トイレの設置されている校舎も、まだまだ数えるほど。障害を持つ学生が、快適なキャンパス・ライフを送れるという状況には程遠いというのが現状だ。
そこで、エコサマのオープニング・セレモニーで、大学のバリアフリーを進めてほしいという申し入れをすることとなった。そして、その文書も、バリアフリー部会の責任者である乙武が書け、ということに。他のメンバーに、いくつかの修正を入れてもらって完成したのが、以下の文だ。

〈私共《わたくしども》「早稲田いのちのまちづくり実行委員会」は、昨年のゴミゼロ実験を契機《けいき》に、早稲田のまちづくり全体に目を向けようという気運が生まれ、現在「環境と共生《きょうせい》のまち」を目指して活動を展開している団体です。具体的には、早稲田の住民、商店主、大学、企業、行政、学生など、早稲田の街に愛着《あいちゃく》を持ち、早稲田の街づくりに関心を抱くさまざまな人々が集《つど》い、活動を進めております。

さて、近年、社会に拡《ひろ》がりつつある言葉として「バリアフリー」があります。このバリアフリーとは、「共生」の街づくりを進める上で大切なキーワードであり、私たちは最も重要なテーマとして、このバリアフリーに取り組んでいきたいと考えています。

ところで、このような視点から早稲田大学を見ますと、障害者に対する配慮が十分になされていないのが実状です。伝統ある本部キャンパス内には、車椅子のままでは建物のなかに入ることすら困難な校舎もあります。自力での歩行が困難であり、車椅子から離れることのできない学生にとって、そのような校舎はバリア以外のなにものでもありません。奥島《おくしま》総長もおっしゃっているように、早稲田大学には「開かれた大学」というすばらしい理念があります。しかし、真の「開かれた大学」となるためには、障害者でも自由に学べる環境が必要ではないでしょうか。

このような障害をとりのぞくためには、費用と時間がかかることはいうまでもありません。また技術的に検討すべき点も少なくないと思います。そこで、バリアフリーの実施に付随《ふずい》する諸問題を含め、ぜひ私たちと共に考えていただきたく、お願い申しあげる次第です。

早稲田大学が「障害者にも開かれた大学」となれば、他の大学は競《きそ》ってこれに倣《なら》うでしょうし、社会のバリアフリーへの気運も一気に高まることでしょう。また、我々早稲田に住む者にとっても大いに誇りとなります。何よりも、爆弾テロにより体が不自由となった創設者・大隈重信《おおくましげのぶ》も、大学のバリアフリー化を望んでいらっしゃることと思います。これからはぜひとも、大学と地域が一体となって、21世紀へ向けた早稲田のまちづくりを共に進めていきましょう。

ご検討のほど、よろしくお願いいたします〉

この文書は、海外へ出張中の総長の代わりに、エコサマに出席する副総長に手渡されることになった。大勢が見守るなかでのセレモニー、やはり緊張した。

しかし、これが評判がよかった。ボクが、「友人には、『オマエ、大学の設備が整ったら、授業に行かなくちゃならなくなるぞ』と言われています」と笑いを取ると、副総長も、「乙武くんに、学校へ来ない言い訳を与えないよう、前向きに検討したい」と応酬《おうしゅう》。大いに、観衆を沸《わ》かせた。

これは、ただのリップサービスに留《とど》まらず、しっかり生かされた。'98年春に完成した新校舎は、エレベーターや車椅子用トイレを完備した「バリアフリー校舎」となったし、キャンパス内の段差に板を敷《し》き、車椅子でも通れるようにするなどの配慮も見られた。

ボクらの活動が、こうして目に見える形で実を結んでいくと、やはり充実感でいっぱいになる。さて、次は何をしようか。

「いいんだよ」

ドリフ!?

半年ほど経っただろうか。新聞、TV《テレビ》などで、ボクの早稲田での活動が紹介されるようになると、小・中学校を中心に、各地から講演依頼が来るようになった。これも、「ボクにしかできないこと」という思いで、日程の都合がつく限り引き受けるようにしているが、やはり最初は慣れないこともあり、戸惑《とまど》うことも多かった。こんなエピソードがある。

大学の前期試験が終わる翌日という日程で、講演を打診《だしん》された。体力的に、少々キツイかなとも思ったが、静岡県にある短大だという。「短大」＝「女の子がいっぱい」というオメデタイ発想で、ついつい引き受けてしまった。しかし、当日は地元の人々にも聴講が認められているということで、会場の前列を埋《う》めていたのは短大生ではなく、元・お姉様方だった。

無事に講演を終え、帰ろうとすると、そのうちのひとりが駆け寄り、「先生!」と呼んでいる。ボクは、てっきりボクのことを招いてくれた教授を呼んでいるのだと思って、後ろを振り向いたのだが、誰もいない。「え、まさか『先生』って、ボクのこと?」と困っていると、「サインをください」と手帳を広げ始めた。

慌《あわ》てて、「サインなんか、できませんよ」と断ったが、「名前と日付を入れてくださるだけで感激です」と言われては仕方ない。渡されたサインペンで、『乙武洋匡 '97・7・15』と書き入れ、「これでいいですか?」と顔を上げたボクは、しばらく固まってしまった。なんと、彼女の後ろに10人近くが並んでいるではないか!

肘《ひじ》までもない短い腕と、ほっぺたの間にペンをはさみ、字を書く様子が珍しかったのだろうが、アイドルでも著名人でもないボクが、まさか「ミニ・サイン会」を開くことになるとは、夢にも思わなかった。

講演をしていて最も楽しいのは、やはり子どもたちとのふれあいだ。30分から1時間ほどの話をした後で、子どもたちからの質問を受けるコーナーを設けるのだが、子どもたちの質問には、いつも驚かされる。というよりも、笑わされる。素朴というか、観点がおもしろい。

東京都北区の小学校。ひとりの男の子が、手を挙げた。彼の質問は、「乙武さんはメガネを掛けていますが、どのようにして取り外しをするんですか?」という意表を突いたものだった。ボクは、短い両手でメガネの両端をはさみ、メガネを外し、また掛けてみせた。子どもたちの間に、どよめきが起こると同時に、「すげぇ、カッコイイ」という声が上がった。ボクは、「メガネの掛け方・外し方に、カッコイイもカッコ悪いもないだろう」と思っていたら、反対側から、「超ハンサムじゃん」という声が。「おお！ 何だ、顔のことか」と気をよくしたボクは、その日の給食で出たゼリーのボクの分を、彼にあげてしまった。小学生ながら、社交辞令《しゃこうじれい》のうまい子だった。

東京都・西多摩郡《にしたまぐん》の中学校。子どもたちからの質問が予想以上に多く、時間内では全員の質問を聞くことがむずかしくなってきた。そこで、先生は「そろそろ時間になってしまいました。そこで、乙武さんに、どうしてもこれだけは聞いておきたいということがあったら、最後に聞いてみましょう」とまとめた。

グルッと会場を見まわすと、ひとりの男の子が手を挙げている。

「ハイ、じゃあ岩崎《いわさき》君」

「……あのー」

「どうしたの？ 岩崎君のどうしても聞いておきたい質問を、乙武さんにしてごらん」

「ドリフターズでいちばん好きなのは誰ですか？」

先生のマイクを持つ手は震えていた。

思い起こせば

今では、ボクの生活の中心になりつつある講演活動。多い時には、月に10本ほどになることもある。「学校の授業の合間《あいま》を縫《ぬ》って、講演活動をなさってるなんて、たいへんですね」と言われても、冗談で「いやぁ、講演の合間を縫って学校に行ってるんですよ」と言うくらいだ。好きな散歩にいく時間や、友達と遊びに行く時間もなかなか取れない。

少々、キツイかなと思うような時が、ないわけでもない。しかし、そんな時に支えとなってくれるのが、初めて講演をした時の出来事だ。

「早稲田いのちのまちづくり実行委員会」として、一連の環境プロジェクトに取り組んでいくうちに、子どもの頃からの教育が必要であるということが、あらためて分かってきた。そこで、「親と子どもの環境学習講座」というものを開いた。ボクらが取り組んでいる、ゴミ・リサイクル問題や、震災問題、バリアフリーといった問題を、子どもたちに分かりやすく教えていこうというのが狙いだ。

そこで、「バリアフリー」については、乙武が講師をやれ」という話になってきた。人前で話をすること自体には、たいして抵抗を感じないが、バリアフリーについての話をしろと言われても、なんの知識もない。だいたい、「バリアフリー」という言葉を知ったのさえ、まだ1ヵ月ほど前のことだ。自分が障害者だと自覚を持ち始めたのも、わずか1ヵ月前。そんな男に、なんの話をしろというのだ。

いったんは断ったものの、木谷さんがボクを推《お》す意志は固かった。

「たしかに、君はバリアフリーというものへの知識は乏《とぼ》しいかもしれない。だが、それを補うに十分な『経験』があるじゃないか。障害者として20年余り生きてきたなかで感じたことなどを、君の感性、君の言葉で、率直に語ってくれたらよいと思う。その方が、子どもたちにも伝わるんじゃないかな」

この人にあっては、敵《かな》わない。ボクと安井さんは、木谷さんを「日本一のおだて上手」と呼ぶ。それほどに、人を誉めるのがうまい。その人の能力を上手に引き出し、いつの間にか、本人をやる気にさせてしまう。この一連の早稲田の動きも、木谷さんに焚《た》き付けられて、ここまで来たと言っても言い過ぎではない。そして、今回もやられた。

'96年12月25日のクリスマス。場所は、早稲田大学から程近い戸塚《とつか》第一小学校体育館。講演と言うよりも、何人かが話すうちのひとりという感じではあったが、ボクのデビュー戦だった。

木谷さんは、新宿西清掃事務所の所長として、ゴミの話をした。OHP《オーエイチピー》という、壁面に字や図を映《うつ》し出せるシートに、35年前と現在の東京湾を重ね合わせ、どれだけ埋め立てが行われてきたのか示した。これには、子どもたちだけでなく、ボクらも息をのんだ。コンピュータにも詳しい横内さんは、機材を体育館に搬入《はんにゅう》して、インターネットの世界を披露。初めてホームページなどを見た子どもたちは、興味《きょうみ》津々《しんしん》だ。実行委員会のメンバーでもある新宿区リサイクル推進課の課長・楠見《くすみ》さんは歌や踊り、クイズなどを交えながら、楽しく、分かりやすく、リサイクルの重要性を訴えた。

これだけのメンバーに、これだけのことをやられたのでは、気負《きお》わずにはいられない。だが、「子どもと同じ感覚で」がボクの売りと思い、へんにカッコつけるのはやめ、ふだんどおりの話し方で始めた。子どもたちが知らないだろう車椅子に乗っている人間の日常生活。それでも、同じ人間としては、何も変わらないということ。そして、障害の有無に拘《かか》わらず、ひとりひとりの人間が大切であること。

子どもたちの反応は、予想以上だった。付き添いで来ていた親までもが、真剣に耳を傾けてくれていた。

主催者の安井さんの言葉で、講座が締めくくられる。「乙武くんは、『ボクじゃなければ、できないことがある』と言いました。この言葉が、今日、集まってくれた子どもたちの心のなかに入って、『あのお兄さんにしか、できないことがあるならば、ボクらにだって、ボクらひとりひとりにしかできないことがあるはずだ』となれば、この街には、自分の命を自分で縮めるような子はひとりもいなくなるはずです。それを願って、今回の環境学習講座を開きました」

活動の原点

それから1ヵ月後。冬休みが明けたある日、ボクが大学から家へ帰る途中のことだった。向こうから、やはり学校帰りと見られる小学校低学年の男の子5～6人がやってきた。彼らは、ボクの姿を見つけると、口々に「何だあれ」「気持ち悪い」と叫んだ。このようなことは日常茶飯事。とくに気にも留めずに、その場をやり過ごそうとした、その時だった。

「いいんだよ」

最後尾《さいこうび》にいた男の子の発した言葉が不意にボクを襲った。「え?」ボクは振り返り、その子を凝視《ぎょうし》した。まわりの子も、「コイツは何を言うんだ」という感じで、彼の方を振り返る。その子は、さらに何かを言いたげだったのだが、そこは小学校低学年。後に続く言葉が見つからず、もう一度、呟《つぶや》いた。

「いいんだよ」

彼はきっと、「あのお兄さんは、ボクらの見慣れない変テコなマシーンに乗っているけれど、そんなことは関係ないんだ。ボクらとなんら変わりのない人なんだ」というような趣旨《しゅし》のことを言ってくれようとしたのだと思う。正直、驚いた。今回のように、子どもたちの好奇の的になり、あれこれと率直な感想を述べられるのは、何もまれなことではない。が、それに対して「いいんだよ」というようなことを言ったのは、彼が初めてだった。

これは、きっと先月の環境学習講座を聞きにきてくれた子に違いない、そう思った。もし、そうであるならば、ボクの15分程度の短い話が少しでも彼の胸に届いて、障害者と呼ばれる人々への見方を少しでも変えることができたのなら……。

10歳にも満たない少年の一言が、ボクの活動の源《みなもと》となっている。

実行委員長!?

エコサマが終わって1週間後、ボクは紺色《こんいろ》のスーツに身を包み、新宿区役所へと向かっていた。12月に開かれるシンポジウムへの協力を求めるためだ。このシンポジウムの話を聞いたのは、数ヵ月前のこと。「早稲田いのちのまちづくり実行委員会」のメンバーのひとりである、勝又《かつまた》さんから電話をもらってからだった。

彼は、自身も車椅子に乗る障害者。横内さんの勤めている東京コロニーの常務《じょうむ》理事《りじ》で、さらに、障害者の旅行を提供する「トラベル・ネット」という会社の社長も務めるスーパーマンだ。以前から面識はあったが、わざわざ自宅まで電話がかかってきたのには驚いた。話の概要《がいよう》は、こうだった。

3年前の'94年2月、「誰でも、自由に、どこへでも」をテーマに、「もっと優しい旅へのシンポジウム」が開かれた。障害者・高齢者の「旅」を焦点としたシンポジウムは、日本では初めてだったという。観光産業界を中心に300名を超える参加者が集まり、貴重《きちょう》な意見交換がなされた。

それから、3年。その間に、社会的関心の高まりや諸制度、交通システムの改善など、さまざまな進歩が見られた。それら社会環境の変化を踏まえ、かつ、21世紀へ向けての課題を再確認しながら、12月に2度目のシンポジウムを開催する予定だという。勝又さんは、前回のシンポジウムでも中心メンバーとして活躍しており、今回の企画にも携わっているということだった。

勝又「ここまでの流れ、理解してくれたかな」

乙武「はい。スゴイことですね」

勝又「そうかい。じゃあ、君にも実行委員として、このシンポジウムに参加してもらえるかな」

乙武「え、ボクがですか? 何も力になれるようなことはないと思いますが……」

勝又「いやいや、そんなことはないよ」

乙武「そうですか……。では、ボク自身にとっても、すごくいい勉強になりそうなので、やっぱり一緒にやらせてもらいます」

電話口でのやりとりは続く。

勝又「よかった。それならば、あらためて君にお願いをしたい」

乙武「何をですか?」

勝又「君に、今回のシンポジウムの実行委員長になってもらいたいんだ」

乙武「じっ、実行委員長!?」

あまりに大きすぎる話だった。勝又さんを始め、前回のシンポジウムを苦労して創り上げてきた方々がいる。今回も、その方々が中心となるのだ。そこへもってきて、前回のことを何も知らない20歳そこそこの男が実行委員長というのは、どう考えても、おこがましい。何度も、何度も、断った。

「しかし」と、勝又さんは続ける。

「今回のシンポジウムのテーマは、『2001年への挑戦』なんだ。内容も、21世紀をにらんだものにしていきたい。だからこそ、シンポジウムの顔である実行委員長には、君のような若い力が、21世紀へつながる人材が欲しいんだ」

この「21世紀」という言葉が、ボクの心を動かした。そうだ、ボクは21世紀の社会を変えていきたいと思っているんだ。バリアフリーの社会を創っていきたいんだ。

こうして、頼りない実行委員長が誕生した。

のしかかる重圧《じゅうあつ》

2回目となる今回のシンポジウムは「バリアフリーからユニバーサルデザインへ1997」と名付けられた。この「ユニバーサルデザイン」という語を知ったのも、この時が初めてだ。これは、バリアフリーをさらに一歩進めた概念で、バリアが存在するからバリアフリーにしなければならないという基本的な考え方に基づいている。障害の有無を問わず、すべての人々が利用できる空間を創り出そうというのだ。特殊な設備で障害を持った人に対応するのではなく、誰もが利用しやすい普遍《ふへん》的なデザインを心がければ、障害者・高齢者も仲間から隔離《かくり》され、疎外《そがい》感を感じるということがなくなる、というわけだ。

この「ユニバーサルデザイン」という語から始まって、何から何までが勉強だった。何しろ、自分が障害者だという意識を持ち始めたのが半年前。障害者・高齢者が置かれている現状を知るほどに、「車椅子って、意外にたいへんなんだな」と驚かされた。

だが、シンポジウムの準備で得たものは、知識だけではなかった。多くの人との出会い。これが、ボクにとっては何よりの財産だが、今回のシンポジウムでも、その財産を築くことができた。篠塚《しのづか》さんとの出会いも、そのひとつだ。

シンポジウムでは、SPI《エスピーアイ》という会社が、事務局というたいへんな仕事を担当してくれた。もともとは、添乗員《てんじょういん》の派遣《はけん》などをする人材派遣会社だったが、それが発展していくうち、障害者や高齢者の旅も扱うようになっていったという。そのSPIの社長が篠塚さんだ。

社長というと、どうしても年配の方を想像してしまいがちだが、彼はまだ30代の若さ。見た目もハンサムでカッコよく、「頭の切れそうな人だな」というのが第一印象だった。ミーティングを重ねていくうちに、すっかり打ち解けることができ、飲みに行くようにもなった。一緒にぶどう狩りへ行くなど、ご家族ともなかよくなる。次第に信頼が生まれ、ボクは図々しくも「頼れる兄貴分」として彼を慕《した》っていた。

仕事に取り組む真摯《しんし》な姿勢。家族を大切にする温かさ。彼から学んだものは、数限りない。篠塚さんを始めとした、多くの出会い。これだけでも、実行委員長というチャンスを与えてもらったことに感謝しなければならないだろう。

知識、経験、出会い。これだけで十分であったのに、天が与えたものは、もうひとつあった。それは、重圧。

いちばんの悩みの種は、お金だった。頼りにしていた企業からの協賛金《きょうさんきん》が、なかなか集まらない。景気が悪いと言われているなか、こういったイベントにお金を出す企業は少なかった。ボクも篠塚さんとともに企業まわりをしたが、状況は厳しかった。のほほんと学生をしていたら、あまり感じることもなかったのだろうが、この時、はっきりと痛感させられた。「ああ、不況なんだ」と。

また、後援名義《こうえんめいぎ》をもらうために、霞《かすみ》が関《せき》や永田町《ながたちょう》へも通った。運輸省《うんゆしょう》、厚生省《こうせいしょう》、労働省《ろうどうしょう》、建設省《けんせつしょう》、文部省《もんぶしょう》、総務庁《そうむちょう》、総理府《そうりふ》。これだけを一気に「はしご」する学生など、そう多くはいないだろう。だが、楽しんでいる余裕などなかった。ガチガチに緊張して、ただ篠塚さんの後をくっついていくだけ。情けないといえば情けないのだが、21歳の若造《わかぞう》には、そこまでが精一杯だった。

いくらイベント好きの乙武とは言え、中学校の文化祭や、高校の映画撮影とはモノが違う。総予算は、400万円近く。会場も、早稲田大学国際会議場という、550名収容可能の大ホールだ。2000円という、決して安くはない参加費を徴収《ちょうしゅう》することにも、重い責任がのしかかっていた。

旅は、いつの時代も、夢や感動を与えてくれる。自然とふれあう機会や、新たな出会いも与えてくれる。我々は、お金と時間さえ都合が付けば、いくらでも旅を楽しめる。しかし、いくらお金と時間を持っていても、自由に旅することが許されない人々がいる。それが、障害者や高齢者だ。

体の自由が利《き》かない人々でも、自由に旅を楽しめるようにするためには、現在、どのような問題点があるのだろうか。そして、その問題点を解決していくためには、どのような方法があるのだろうか。そのあたりを考えていくのが、今回のシンポジウムだ。何よりも、「社会に対して、どれだけのインパクトを与えることができるのか」ということを常に念頭に置きながら準備にあたらなければならない。それだけ重大なイベントの実行委員長を務めているのだと考えただけで、胸が締め付けられるほどに苦しかった。

終わったんだね……

12月14日。「バリアフリーからユニバーサルデザインへ1997」は開催された。

幕開けの基調講演には、『金曜日の妻たちへ』『男女7人夏（秋）物語』などで知られる脚本家の鎌田敏夫《かまたとしお》氏を迎えた。福祉の分野とはあまり関わりのない鎌田氏だが、それでもあえて呼ぼうとしたのは、他ならぬボクだった。ボクは、従来の「いかにも福祉」というような自己満足で終わるようなイベントだけにはしたくなかった。そのためには、今まで福祉の分野に携わっていなかった人々の注意を喚起《かんき》するような方をお呼びする必要があると思ったのだ。そこで、ボクら若い世代にアピールする力を持っている鎌田氏をお招きすることにした。

「いやあ、ボク、無口だから」と本番前は謙遜《けんそん》していたが、対談相手のボクを相手にお話しくださった、「ボクは登場人物になりきって話を書くので、障害者の気持ちを完全には理解できていないボクには、まだ障害者の話を書くことはできない」といった話などは、聴衆に「もっと聞きたい」と思わせるものだった。

鎌田氏の講演と並ぶビッグ・イベントが、『想い出の渚《なぎさ》』のヒット曲で知られるワイルドワンズの鳥塚《とりづか》しげき氏と、そのご家族による「手話コンサート」だった。鳥塚ファミリーは、各地でこのような「バリアフリー・コンサート」を開いたり、日本初の「手話《しゅわ》ミュージックビデオ」を制作するなど、精力的な活動を行っている。手話の分かる人も分からない人も、一緒になって「歌う」ことができた。「こんなに感動を覚えたことは、久しくない」などの感想が聞かれるほど、会場をひとつにしてくれた素晴らしいコンサートだった。

この盛り上がりと一体感を受けて、午後からは分科会に分かれてのフォーラムが行われた。交通環境・制度政策・情報・サービスの4つの分科会では、参加者が各地での取り組みに新たな発見をし、それをもとに真剣な議論がなされた。後日、講師のひとりだった善光寺《ぜんこうじ》(長野県）の住職の取り組みが朝日新聞で取り上げられるなど、その反響は大きく、たいへん意義のあるフォーラムとなった。

1日がかりで行われたシンポジウムも、いよいよクライマックス。実行委員長であるボクが、閉会の辞を述べるために、電動車椅子を滑らすようにして壇上へと進み出た。

「…………」

言葉が、出てこない。こんなことは初めてだった。何かを話そうとしても、いっぱいに詰まった胸が、それを許さなかった。用意していた内容ではなく、その時に頭に浮かんだ言葉を、ひとつひとつ、かみしめるように話し、舞台の袖《そで》へ引き下がった。最後まで情けない実行委員長だ。すべてが、終わった。

会場の後片付けだろうか。舞台の袖には、誰もいない。ひとり、大きく息を吐《は》いた。「ガチャ」とドアが開き、誰かが入ってくる。事務局長・篠塚さんだ。

「お疲れさん」

いつもの笑顔に、緊張の糸がプッツリと切れた。ボクも、笑顔で「お疲れ様でした」と応《こた》えるべきだったのだろう。しかし、代わりに返事をしたのは涙だった。

「終わった……。終わったんだね、篠塚さん」

「ああ、頑張った。本当によく頑張ったね」

子どものように、いつまでも泣きじゃくっていた。

今回のシンポジウムを通して、ボク自身、さまざまな勉強をすることができた。そして、多くの方々と出会うことができた。あらゆるところで、あらゆる人々が独自の取り組みをしていることに驚き、刺激を受けた。しかし、同時にもったいなくも思った。これだけ多くの人々が情熱を燃やし、注ぎ込んでいるパワーが無駄になってはいないだろうか。各自がバラバラに動いていることで、その効果が半減してしまってはいないだろうか。

社会の流れは、確実に変わってきている。今こそ、手を取り合って動く時だ。我々が、よりアンテナを高くし、各地におけるさまざまな取り組みを学び、情報の共有化を図《はか》れば、確実に世の中を変えていける。そう感じ取れるほど、情熱と意志を持っている多くの方々と出会えた。

そして、その一員としてボクも貢献《こうけん》していきたい。「真に自由な」21世紀へ向けて。

アメリカ旅行記

霧《きり》と坂の街《まち》・サンフランシスコ

'98年2月は、忘れられない冬となりそうだ。親元を離れ、3週間にもわたる海外旅行に出かけたのだ。場所はアメリカ西海岸《にしかいがん》。メンバーは、予備校時代の友人を中心とした5人だ。彼らと国内旅行に行ったことはあったが、海外はもちろん初めて。しかも、日本で旅行する時には手押しの車椅子を使っているくせに、今回は電動車椅子でチャレンジという「暴挙《ぼうきょ》」に出たから、さぁたいへん! さてさて、どんな旅になることやら……。

まずは、サンフランシスコ空港でのすったもんだを書かないわけにはいかない。通常、飛行機に乗る場合はスーツケースなどの荷物を預けるわけだが、ボクの場合は電動車椅子も荷物として預けなければならない。これがやっかいだった。車椅子を動かしているバッテリーが危険物扱いにされ、配線をすべて外されるのだ。外すのに手間取り、搭乗《とうじょう》にひどく時間がかかったのだが、極《きわ》めつきは到着時。連絡がうまくいっていなかったのか、配線の戻し方が分からないという。何てこった！　結局、配線まで自分たちでする羽目《はめ》になり、税関へたどり着く頃には、クタクタになっていた。

しかし、空港から一歩足を踏み出せば、そこは別世界。「空が青い」というのが、最初の印象だった。「世界でいちばん美しい橋」と形容されるゴールデンゲート・ブリッジや、アル・カポネが収容されていた刑務所として有名なアルカトラズ島をフェリーで回るツアーに参加したのだが、これが最高。空はきれいだし、風も心地よい。船尾ではためく星条旗《せいじようき》に、「アメリカに来たんだなぁ」という気分にさせられた。

こうして2~3日、景色や街並み、ショッピングを楽しんだ後、全米で最も車椅子で生活しやすい街と言われるバークレーへ。この地にあるUC《ユーシー》バークレー（カリフォルニア大学バークレー校）にも、車椅子の学生が多く在籍《ざいせき》していると聞いていたので、みんなに頼んで予定に組み込んでもらっていたのだ。

この日は、「Campus Festa'98」という学園祭のような催しが開かれていて、キャンパス内は多くの人で賑《にぎ》わっていた。あちらこちらで趣向を凝《こ》らしたアトラクションが展開され、ただ歩いているだけでワクワクする。黒人や白人の学生だけでなく、あまりにアジア系学生が多いことにも驚いたが、何より驚いたのは、その車椅子の数。たった数時間いただけで、十数台は見ただろう。

しかし、何かがおかしい……人込《ひとご》みに揉《も》まれながら、そう感じていた。分かった、誰もボクを見ていないんだ。日本で車椅子に乗った人間が人込みのなかに飛び込んでいけば、程度の差こそあれ、人からジロジロと見られるものだ。しかし、こちらでは車椅子に乗っているというだけでは注目に値《あたい》しない。それだけ車椅子、そして障害者の存在が日常化しているのだろう。

そういえば、バークレーだけでなくアメリカに来てから、通りですれ違う人と目が合う回数が圧倒的に少ない気がする。目立ちたがり屋のボクとしては、いささか不満ではあるけれど、これがあるべき姿なのだと感じた。自分の障害を苦に思っている方には、ぜひとも訪れてほしい地だ。「身体障害＝身体的特徴」ということを、身をもって実感できるはずだ。

翌日、誕生日を迎えたメンバーのバースデー記念ということで、みんなでオペラを観に行った。あの有名な『オペラ座の怪人』だ。5人とも日本でオペラなど行ったことがなく、全員が初めての体験となったわけだが、行ってみて大恥をかくことになった。観客のほとんどが見事にドレスアップしてきているのだ。タキシードに身を包んだ5～6歳の少年の隣に、セーター姿のボク……なんとも情けない姿だっただろう。

当然、ボクは車椅子席に案内されたのだが、驚いたのは料金システムだ。日本では、どんなに高いお金を払ってよい席を予約しても、結局は隅の方にある車椅子席へ回され係員とケンカになる、というのはよくある話だ。これはオペラに限ったことではなく、コンサートやスポーツ観戦でも同じだ。しかし、アメリカでは最初から「車椅子席」として料金が設定されている。これならトラブルが起こる心配がない。

そのようにして設けられた車椅子席には、ボクの他にも2～3人の車椅子利用者が観劇していたが、他の観客に少しも見劣《みおと》りしないほど着飾っている。右隣のご夫人は、紫《むらさき》のドレスに、「これでもか！」と言わんばかりのヒカリモノ。さすがに唖然《あぜん》としたが、日本の障害者も彼らを見習って、もっとオシャレを楽しまなきゃね。

砂漠《さばく》の不夜城《ふやじょう》・ラスベガス

サンフランシスコに5日間ほど滞在した後、今度はラスベガスへ。サンフランシスコが自然の美しさを持つ街なら、ラスベガスは人工の美を誇る街だ。ホテルひとつひとつがというより、街全体が遊園地。ピラミッドの隣にヨーロッパ中世のお城、その隣には自由の女神が。さらに進むと、今度は海賊《かいぞく》が暴れている。そして、その脇《わき》では火山が大噴火《だいふんか》！といった具合だ。どんなにきれいな夕焼けを見せられても、「どこかのホテルの作り物じゃないの？」と疑ってしまうほどだ。

このようにラスベガスには超豪華《ちょうごうか》ホテルが集結しているわけだが、意外なことに豪華ホテルと車椅子の相性が非常に悪い。その相性の悪さの犯人は絨毯《じゅうたん》だった。高級なホテルは、どこもフカフカの絨毯を敷《し》き詰めてあるので、車椅子では走りにくいのだ。すぐにタイヤをとられ、砂浜を走っている時と似た感覚を覚えた。

やっぱり、ラスベガスといえばカジノ。というわけで、ボクたちはビンゴの会場へと向かった。大画面いっぱいに映し出されるナンバーを確認するたびに、手に汗を握る。え、握る手がないって？　まぁ、細かいことは……。常にドキドキハラハラのこのゲームは、外してもあまりガッカリすることなく、アトラクションにお金を払ったような感覚だ。

注目すべきは、その年齢層だ。ボクたち以外は、ほとんどが高齢者と呼ばれる人々だったが、妙に納得してしまった。時間とお金のある高齢者にとって、体力をそう使わずに楽しめるギャンブルは、うってつけの娯楽《ごらく》なのだ。高齢社会を目前に控《ひか》えている日本でも、カジノの導入は近いかも⁉

ラスベガスから少し足を伸ばせば、グランド・キャニオンなどの国立公園がゴロゴロしている。ボクたちは、これを車で回るために、レンタカーを予約した……が、なんとリフト付きレンタカーがない。何社も電話で調べたのだが、1台も見つからないのだ。障害者の国(?)アメリカで、こんなことがあっていいのかと不思議に思っていたのだが、どうやらアメリカでは、障害を持つアクティブな人は、自分でリフト付きの車を持っているらしいのだ。う～ん、納得したような、しないような……。結局、車椅子が積《つ》めるサイズのワゴンを借り、後部座席を取り外して車椅子を積み込むことになった。

この国立公園めぐりでは、日本では味わうことのできないような自然の偉大さ、厳しさに触れた。西半球で最も暑く、最も海抜《かいばつ》が低いと言われるデス・ヴァレー。たしかに、冬にもかかわらず陽射《ひざ》しがジリジリと痛い。夏には軽く50度を上回るというから、まさに「死の谷」だ。一転して、ブライス・キャニオンは耳がちぎれるほどの寒さ。車のなかに置き忘れた飲み物は凍っていた。長年にわたる河川や風雨の浸食《しんしょく》によって生まれた尖峰群《せんぽうぐん》は「自然の彫刻」と言うにふさわしい。レイク・パウエルでのサンライズに、空が桃色に染《そ》まっていったのが忘れられない。

西海岸最大の都市・ロサンゼルス

ロサンゼルスと聞いて浮かぶイメージは、人によってさまざまかもしれない。映画の都ハリウッド、豪邸《ごうてい》の立ち並ぶビバリーヒルズ、美しいビーチのサンタモニカなど、見所はたくさんあるけれど、ボクが最も楽しみにしていたのはユニバーサルスタジオだ。日本でもおなじみの、有名な映画に出てくるセットを見学できたり、時には本物の撮影が行われていたりと、映画ファンならずともワクワクするようなテーマパークなのだ。まずは園内をぐるっと回っているバスに乗るのだが、とにかくその広さに圧倒される。ボクの住む新宿区より広いのでは？　と思わせるほどだ。

その広い園内では、『E.T.』や『バック・トゥ・ザ・フューチャー』の世界を体験できるアトラクションや、壮絶《そうぜつ》なスタントショーなどが展開されている。どこから見て回るか、迷ってしまうくらいだ。目の前で大火災が起こったり、キングコングに襲われたりと、スリル満点のアトラクションに度肝《どぎも》を抜かれるばかりだったが、とくに圧巻《あっかん》だったのは『ジュラシック・パーク』をテーマとした『ザ・ライド』。数々の恐竜に出会えたと思ったら、最後は乗り物ごと滝つぼへ真っ逆さま。

車椅子への対応も完璧だ。日本で車椅子に乗っていると、あまり遊園地などへ行こうという気にならないし、行っても疲れるだけということが多いのだが、この日は別。さまざまなライブ・ショーの最前列には、きちんと車椅子席が設けられているし、アトラクションでは乗り物の真横まで車椅子で行くことができる。車椅子用トイレもあたりまえのように設置してあり、園内のどこを探しても、段差の「だ」の字も見つからない。障害者への配慮が「娯楽」という部分にまで、しっかりと行き届いているアメリカ。さすがだなぁ。

ここには書ききれないほどの経験を積んだ3週間の旅。何物にも代えがたい3週間だ。「楽しかった」の一言では語り尽くせない「楽しさ」があった。両親は、自分たちが一切手を貸さずにひとりで海外へ行ってきたことに驚き感心すると同時に、うれしさもあったようだ。

今回の旅についてまわりからは、「勇気があるね」などと言われたが、本当に勇気があったのは友達の方だろう。まだ学生という身分で3週間も海外に滞在するのは、ただでさえ不安な部分があるはずだ。しかし、彼らはあえて「悩みの種」を抱えていった。

車椅子でのトラブルや持ち前のワガママさで、みんなには迷惑をかけたけれど、すばらしい旅だったよ。本当にありがとう。また、どこかへ行こう！

大雪の日に

困った時は

電動車椅子の運転をして、20年近くが経《た》つ。それだけ長い間、車椅子に乗っていれば、いろいろな事件が起こる。ここで、いくつか紹介したい。

予備校時代のことだ。前にも書いたとおり、ボクの通っていた予備校は、新宿区・大久保にあった。大久保といえば、多国籍の街。自習室で勉強して帰りが遅くなると、街の様子は一変する。日本語が聞こえてこなくなり、代わりにアジア系男性のケンカのように聞こえる会話が耳に飛び込んでくる。その一方、片言《かたこと》の日本語で、男性を甘い誘惑に陥《おとしい》れる人々がいる。外国人女性たちだ。出身地は、アジア、南米などさまざまらしい。そして、彼女たちは、ある時間帯を過ぎると通りにたむろし始めるのだ。

ある冬の日のことだった。小雨の降りしきるなか、ボクは自習室での勉強を終え、家に向かっていた。傘《かさ》を差すのは面倒くさいので、雨に濡《ぬ》れたまま車椅子を走らせる。しかし、その途中、寒くて仕方がなくなり、あたたかいコーヒーでも飲もうかと、自動販売機の前に車椅子を停《と》めた。しかし、その後のことまで考えていなかった。ボクひとりでは、財布《さいふ》からお金を出すことも、商品を取り出すこともできないのだ。さて、困った。

そこへ、熱心に仕事（男性に声を掛ける）に励んでいた外国人女性のひとりが、ボクに近付いてきた。

「◇※☆¥◎▽※&♯△」

話しかけられたのだが、何を言っているのだか分からない。どうやら英語ではないようだ。ボクは、試しに「とても寒いので、このコーヒーが飲みたい」旨《むね》を英語で伝えてみたが、やはり通じないようだった。

しかし、彼女はボクの視線と、止まらない震えによって意図を理解してくれた。おもむろにジーンズのポケットから小銭を取り出すと、「どれが飲みたいの?」といったふうに自動販売機を指差した。ボクは、「ノー、ノー!」と首を横に振った。お金は自分で持っているので、何も彼女のお金で買ってもらうつもりはなかったのだ。彼女は、怪訝《けげん》な顔をして、こちらを見つめている。

しかし、英語の分からない彼女に、「ボクのズボンのポケットからお財布を出して、代わりに買ってくれ」と伝えることは不可能だ。この場は仕方なく、ご馳走《ちそう》になることにした。

「ゴロゴロ、ガッシャン」

勢いのいい音を立て、待ちに待ったコーヒーが落ちてきた。

「プシッ」

彼女はプルタブを引き抜き、ボクに渡してくれた。気配りのできる、親切な女性だ。何か話さなければ、とも思ったが、お互いの分かる言語がない。ふたりは、無言のままコーヒーを飲み続けた。だが、彼女は、その間も絶えず笑顔のままだった。「ロン毛」の車椅子と外国人女性。不思議なふたりだっただろう。

その後も、予備校からの帰りが遅くなると、何度か彼女と遭遇《そうぐう》した。会うたびに、彼女は日本語が上手になっており、自分はミレーナだと名乗った。また、何度目かに会ったある日、10ケタの数字が乱雑《らんざつ》に書かれている紙切れを渡された。そして、自分の携帯電話を取り出し、盛んに指差している。どうやら、いつでも電話しろということらしい。だが、ほどなくして、彼女の姿を見かけることはなくなった。

大久保の外国人女性との接点は、ミレーナだけではなかった。ある日、予備校へ向かう途中、アジア系の女性に呼び止められた。何だろうと思って振り返ると、彼女は自分のバッグを漁《あさ》っている。そして、そのなかから数千円を取り出すと、ボクに差し出すではないか。ボクは、「ノー、ノー!」と首を横に振ったが、彼女はボクのポケットにお札をねじ込むと、そのまま走っていってしまった。あっという間の出来事だった。

このような形で日本に働きに来ている外国人女性の多くは、自国に病気や障害を持った子を抱えているケースが少なくなく、その子の治療費を稼ぐために日本へやって来ていると聞いたことがある。そのため、ボクのような障害者を見ると放っておけないのかもしれない。

もうひとつ、別の話を。高田馬場駅で、友達と待ち合わせをしていた。すると、隣に見た目のコワイ、パンチパーマにサングラスのオジサンが立っていた。彼も人を待っているのだろうか、かれこれ5分以上は経った。ボクの友人もなかなか来ない。そうこうしているうちに、そのオジサンが話しかけてきた。

「おう、兄ちゃん」

「は、はい。何でしょう」

からまれるのかと思い、鼓動《こどう》が速まる。

「おめえも、たいへんだな」

「へ?」

予期せぬ言葉に、力が抜けた。そして、「事故か?」などと、ボクの身体のことを聞いてきた。「生まれつきなんです」と答えると、「うーん、そうか」と驚きとも同情ともつかない声で唸《うな》った。それから、彼の仕事の話などをしてくれた。

とても興味深い内容で、しばらく話し込んでいるうちに、すっかりオジサンに対する恐怖は消え去っていた。それにしても、ボクの友人が来ない。もう15分の遅刻だ。オジサンも、心配してくれた。

「友達、来ねぇな」

「そうですねぇ」

「兄ちゃんを待たすなんて、太《ふて》ぇ野郎だな」

友人が来て、いきなり、このオジサンに締め上げられたのでは、たまらないと思い、

「いや、ボクが早く来すぎたんです」と、慌《あわ》てて弁解《べんかい》した。

しばらくすると、「じゃあ、兄ちゃん。悪いが、俺は行かなくちゃいけない」と言って、内ポケットに手を突っ込んだ。「え、何が出てくるんだ?」と冷や汗をかいたが、彼がポケットから取り出したのは名刺だった。

「困ったことがあったら、いつでも電話してこい」

そう言うと、名刺をボクのポケットに突っ込み、彼はそのまま行ってしまった。

「仁義《じんぎ》」を大切にする彼らは、ボクのような人間に対して、情《じょう》が厚いのかもしれない。

実は、この話には続きがある。家に帰って、このことを両親に報告した。驚くかと思いきや、母は平然として「あなた、それはあたりまえよ」と言ってのける。

「え、どうして?」

「だって、ああいう方たちは、ツメるといっても小指一本程度でしょう。あなたなんか、全身ツメちゃってるんだもん。それは、敬意を表されるわよ」

ボクと父は、顔を見合わせるしかなかった。

カッコイイ障害者

「障害者って、かわいそう」という固定観念が、まだまだあるように思う。大久保の外国人女性も、高田馬場の怖いオジサンも、きっとボクのことを「かわいそう」と感じて、親切にしてくれたのだろう。もちろん「かわいそうな障害者」が存在しないとは言わない。なかには、性格が悪く、誰にも相手にされないような障害者もいるだろう。そんな彼らは、たしかに「かわいそう」だが、それは障害から来るものではない。その人が、たまたま障害者であったというだけで、人間の中身の問題だ。

では、外見はまったく関係ないかというと、それも違うように思う。アメリカへ行って痛感したのは、アメリカの障害者はオシャレだということだ。街のなかで車椅子を走らせる老紳士はダンディだったし、オペラで隣の席になった車椅子の女性も、きれいなドレスで着飾《きかざ》っていた。とにかく、カッコイイ。そして、ボクは感じた。彼らのような「カッコイイ」障害者を見て、他の人々は果たして、「ああ、かわいそうに」と思うのかな。

転じて、日本に目を向けたい。オシャレを楽しんでいる障害者は、ごくわずか。外に出て、人目にさらされる機会が少ないからかもしれないが、アメリカとの差は歴然《れきぜん》としている。利便性《りべんせい》を考えてか、ジャージなどをふだん着として着用している障害者も、まだまだ多いようだ。

キレイに着飾っているオシャレな障害者と、ふだんからジャージで過ごしている障害者。同じような障害を持ち、同程度の生活をしていたとしても、一般の目に「かわいそう」と映るのは、どちらだろう。答えは明白だ。

本人がよければ、それでいいではないかという意見も、たしかにあるだろう。しかし、世間に対する障害者のイメージを変えるためにも、そして自分自身の生活を張りのあるものにするためにも、「もっともっと、オシャレを楽しもうよ」と言いたい。

ボクは、子どもの頃から洋服にはうるさかった。自分の誕生日や遠足など、何か行事がある時には、必ずいちばんのお気に入りを着ていかなければ気がすまなかった。万が一、母に「洗濯が間に合わない」などと言われれば、すぐにふくれっ面をしてスネてしまうような子だった。

中学校では制服。用賀中学校は、詰《つ》め襟《えり》の学《ガク》ランではなくブレザーだったため、さしたる改造《かいぞう》もできなかったのだが、オシャレのポイントがないわけではなかった。それはネクタイ。ネクタイのなかには、形を整えるため綿《めん》でできている芯《しん》が入っているのだが、これを取り除いてしまう。すると、ネクタイを結んだ時にできる結び目がキュッと細くなり、不良っぽくなるのだ。大人たちは、「かえって、カッコ悪い」と思うだろうが、当時は流行《はや》っていた。ボクも、ヤッちゃんの真似をして芯を抜き、よく先生に怒られていた。

そして、その傾向は今でも変わっていない。「趣味は？」と聞かれて、趣味らしい趣味のないボクは、とりあえず「散歩とショッピング」と答える。それほどに、洋服が好きだ。ボクの好きなお店に、マーガレット・ハウエルがある。新宿や渋谷のデパートにも店舗《てんぽ》が入っているのだが、ボクのイチオシは渋谷区・神宮前《じんぐうまえ》にあるマーガレット・ハウエル青山店。ここは、インポートの1点ものが入ってくるというだけでなく、店内も広々としていて段差がなく、車椅子でもゆったりと買い物ができるのだ。もちろん、店員さんも親切だ。

しかし、困ったことがひとつある。これは、マーガレット・ハウエルに限ってのことではないのだが、年に2回開かれるセールの時期が、ちょうど前期・後期のテスト期間と重なるのだ。ボクが、どっちを優先させるか……。もちろん、言うまでもない。

1月15日。世間は成人式一色。昨年、成人式を迎えたボクには関係なく、今日から始まるマーガレット・ハウエルのセールのことで頭がいっぱいだった。しかし、窓の外は雪模様《ゆきもよう》。ニュースでは、関東でまたとない大雪だと騒いでいる。

たしかに、迷った。一時は、諦めようかとも思ったが、やはり「1年に2回」という誘惑《ゆうわく》には勝てなかった。さすがの母も呆れている。ここまで息子がバカだと、母親としてもかわいそうだ。電動車椅子vs.雪。結果は完敗だった。前輪《ぜんりん》が雪に埋《う》もれ、身動きが取れなくなる。なんとか、最寄《もよ》りのバス停までたどり着き、ホッと一安心。バスの運転手さんと乗客がギョッとして、ボクが乗り込むのを見ていると感じたのは気のせいだろうか。

ようやく、店に着いた。やはり、予定より30分ほど遅れてしまった。すでにセールは始まっていて、店内は先客でごった返していた。「遅れたか……」と慌てて参戦するボクに、なじみの店員さんは「まさか、この天候のなか、乙武さんがいらっしゃるとは思いませんでしたよ」と呆気《あっけ》にとられていた。

アメリカ旅行に重宝《ちょうほう》しそうなセーターと、以前から目を付けていたブルーのシャツをGET《ゲット》し、意気揚々《いきようよう》と店を後にしたボクに、また雪との闘《たたか》いが待っていた。今度は、どうあがいても動かない。完全にタイヤがとられてしまっている。厳しい寒さのなか、立ち（座り？）往生《おうじょう》していると、そこへ若いサラリーマン風の男性が通りかかった。

「どうしたの？　雪で動けなくなっちゃったの？」

「そうなんですよ。前輪《ぜんりん》が滑《すべ》って、少しも動かないんです」

「そうか、ちょっと待ってろ」と言うと、彼は、持っていたカバンを上着と共にボクに渡し、車椅子の後ろへ回った。そして、彼自身が滑ってしまわないように気を付けながら、一生懸命押してくれた。

雪が、ほとんど溶けている大通りまで押してくれると、「ここで大丈夫かな？」と息を弾《はず》ませながら聞いてくれた。

「はい、本当に助かりました。ありがとうございました」

「こんな大雪のなかを車椅子で出歩くなんて、よっぽど大切な用事でもあったんだろうけど、あんまり無理しちゃダメだよ」

穴《あな》があったら、入りたかった。

父のこと、母のこと

命名《めいめい》「洋匡《ひろただ》」

乙武家では、両親のことを、「お父さん、お母さん」ではなく、「父、母」と呼ぶ。ここで、ボクをこれまで育ててきた父と母のことを紹介したい。

父は33歳の時に結婚した。ボクは、35歳の時の子どもだ。それだけに、落ち着きがあり、威厳《いげん》のある父親かというと、決してそんなことはない。ボク以上に子どもっぽい部分を多分に持ち合わせている。

大好きな巨人が負けていると、とたんにムスッとなる。食後のデザートで、数が半端《はんぱ》なのが出されると、必ずボクと張り合おうとする。TVを見ながら、知りもしないアイドルの歌を、必死に口ずさもうとする。

本人は、「兄弟のいないオマエがワガママ放題に育たないよう、配慮してるんじゃないか。

父と兄の二役をこなすなんて、俺はなんて、いい親なんだろう」と言っているが、とても演技には見えない。

だが、こうした父の態度は、ボクらの父子関係では、大きくプラスに働いている。「父親は絶対的な存在」という堅苦《かたくる》しい雰囲気はなく、どちらかといえば、友達のような感覚に近いだろう。休みの日に、ふたりで連れ立って出かけたり、夕方頃に父の会社で待ち合わせ、一緒に夕食を食べて家に帰るようなこともある。おちゃめで楽しい父親だ。

父は、建築家だ。職業柄かどうかは分からないが、「カッコイイ」ものへのこだわりには相当なものがある。現在、ボクらが住んでいる家も父が設計したものだが、遊びにきてくれる友人のほとんどが、「ステキな家だね」と誉《ほ》めてくれる。

デザインだけでなく、彼自身、カッコよくあることを追求する。「(勤務地である)西新宿のファッションリーダー」を自称しているだけあって、オシャレにもうるさい。やはり子どもにとって、父親がいつまでもカッコつけていてくれるのは、うれしいことだ。ボク自身、年を取ってもイイ男でありたいと思っているのは、多分に父の影響があるだろう。

『洋匡』という名前をつけてくれたのも父だ。「太平洋のような広い心で、世のなかを匡《ただ》す(正す)」という意味がある。さらに、「国」という字は囲いのなかに王がいるが、「匡」という字は一辺が開いている。それは、自由に移動でき、行動力のある王を表すという意味もあるそうだ。

ふだんは、あまり細かいことに気を使わない父だが、この時ばかりは、辞典などで画数《かくすう》の善《よ》し悪《あ》しを調べてくれた。それによると、『洋匡』という名は、多くの人々の愛情に恵まれる画数らしい。

「太平洋のような広い心で、世のなかを匡《ただ》す（正す）」という、たいそうな名前に恥じない人間に成長したかどうかは自信がないが、確かに、多くの人々の愛情に恵まれて、ここまで育ってきた。ボクは、この名前を誇りに思う。

今だ、香港《ホンコン》へ！

母のことを書くにあたって、やはり小学校時代に付き添いとして廊下にずっと待機してくれていたことを欠かすわけにはいかない。

高木先生は、「普通、障害者の親というのは学校に対して、『ああしろ、こうしろ』と要求ばかりをしてしまいがちだが、乙武のお母さんは決してそんなことをせず、すべてを私に任せてくれていたので、非常にやりやすかった」と話している。

電動車椅子の使用禁止に踏み切る時にも、事前に母に相談していたようだ。しかし、そのような時でも、「学校では、すべて先生にお任せします」と、先生の教育方針に一切《いっさい》の口出しをしなかったようだ。

また、先生に対してだけでなく、ボクに対しても必要以上の干渉《かんしょう》は決してしなかった。

入学当初、まわりの子が「どうして手足がないの?」と聞きにきたり、不思議がってボクの手を触りにきたり、洋服のなかに自分の手足をしまいこんでボクの真似をするような子がでてきた。そのたびに、先生はヒヤヒヤしていたというが、一方の母は、「本人が解決すべき問題」と涼《すず》しい顔をしていた。先生は、目の前で我が子が「さらし者」になっているにもかかわらず、これだけ平然としていられる母に驚くと同時に、親子の絆《きずな》、信頼関係を感じたという。

その母の態度が、信頼関係によるものだったかどうかは分からないが、たしかに、干渉されるようなことは、ほとんどなかった。中学1年の夏、こんなことがあった。

「ねぇ、この夏、友達と青森に旅行に行きたいのだけれど……」

ボクの方から、こんなことを言い出したのは初めてだった。「友達同士でなんか、危ないからダメ」「私たちも付いていかなくて大丈夫?」そう言って、反対されることを予想していたボクは、母の答えに面食らってしまった。

「あら、そうなの? 何日から何日まで家を空《あ》けるのか、早めに教えてちょうだいね」

「へ……? いいけど、どうして?」

「それが分かったら、その間に、私たち(夫婦)も旅行に行けるじゃない」

そして、8月。青森へ向かうボクらを見送った直後、彼らは香港へと旅立っていった。ここまで来ると、「親子の絆」「信頼関係」という言葉では片付かないものを感じるが、ボクは逆に、この「いい加減さ」が、かえってよかったのではないかと思う。

障害児の親というのは、子どもに対して過保護《かほご》になりがちだ。それが乙武家の場合は、息子が旅行に出ているスキを狙って、自分たちも旅行へ行ってしまうという、お気楽さ。はっきり言って、障害者を障害者とも思っていない。でも、それがよかったのだ。

障害児の親が過保護になる要因としては、「かわいい」という気持ちよりも、「かわいそう」という気持ちの方が強いように思う。親が子どものことを「かわいそう」と思ってしまえば、子どもはそのことを敏感に感じ取るだろう。そして、「自分は、やっぱりかわいそうな人間なんだ。障害者は、やっぱりかわいそうなんだ」と、後ろ向きの人生を歩みかねない。

それが、ボクの両親のような人間に育てられると、普通は4～5歳で気付くところ、20歳を越えるまで自分の障害を自覚できないような、ちょっとオマヌケな子が育つ。そのことによって、ボクは悩み苦しむこともなく、のほほんと育つことができた。

よく、「障害を乗り越えて」だとか「障害を克服《こくふく》して」というような表現がされるけれど、ボク、そしてボクの両親には、そういった表現がまったく当てはまらない。障害を、あまりマイナスに捉《とら》えていないのだ。

「障害は個性である」という言葉をよく耳にする。ボクには、なんだか、くすぐったい。健常者には、ただの強がりに聞こえる場合もあるようだ。子どもの頃は「特長」と捉えていたボクの障害だが、今では、単なる身体的特徴にすぎないと考えるようになった。太っている人、やせている人。背の高い人、低い人。色の黒い人、白い人。そのなかに、手や足の不自由な人がいても、なんの不思議もない。よって、その単なる身体的特徴を理由に、あれこれと思い悩む必要はないのだ。

そうした考えを、その態度で教示してくれた両親。このふたりのもとに生を受けたことを、心から感謝したい。そして、今まで育ててくれて、本当にありがとう。

心のバリアフリー

靴《くつ》と車椅子

――車椅子の方は、付き添いの方と一緒にご利用ください――

デパートや図書館などの施設にあるエレベーターの横には、こんな注意書きがある場合が多い。しかし、ボクの場合は、電動車椅子を操作してエレベーターに乗り込み、行きたい階のボタンを自分で押して、その階で降りるという一連の動作が、自分ひとりで可能だ。それでも、付き添いと一緒でなければいけないのだろうか。

「車椅子に乗った人が、ひとりで行動するのは危険だ」

「障害者は、社会で守ってあげなければならない弱者である」

注意書きの背景にあるのは、このような考え方ではないだろうか。しかし、ここで根本的な問題をあらためて問い直したい。果たして、障害者は本当に社会から守ってもらわなければばならない弱者なのだろうか。

たいへん残念なことではあるが、たしかに今の日本では、障害を持った人々が街のなかを自由に動き回るのは困難だし、ひとりで生活をすることもむずかしい。そこで、多くの手助けを必要とするのも否《いな》めない事実だ。だが、障害者をそのような立場に追い込んでいるのは「環境」なのだ。

ボクは日頃から、「環境さえ整っていれば、ボクのような体の不自由な障害者は、障害者でなくなる」と考えている。例えば、ボクがA地点からB地点まで行きたいとする。ところが駅にはエレベーターも付いてない、バスやタクシーも車椅子のままでは利用できないという状況では、A地点からB地点までの移動が不可能、または困難になる。その時、たしかにボクは「障害者」だ。

しかし、駅にはエレベーターも付いている。ホームと電車の間も隙間《すきま》や段差がなく、スムーズな乗り入れが可能。バスやタクシーにもリフトが付いていて、車椅子のまま乗り込めるといった時、そこに障害はなくなる。一般的には、家を出掛ける時に玄関《げんかん》で靴を履《は》くが、ボクの場合は、靴の代わりに車椅子に乗る。靴と車椅子の違いがあるだけで、自分の力でA地点からB地点まで移動したということに、なんの違いもない。「障害者」を生み出しているのは、紛《まぎ》れもなく、環境の不備《ふび》なのだ。

子どもたちの前でよくこんな話をする。「みんなのなかにも、メガネをかけている人がいるよね。それは、眼《め》が悪いからだね。ボクも、足が不自由だから車椅子に乗っているんだ」と言うと、子どもたちは「じゃあ、一緒だね」と笑う。そこで、「メガネをかけている人って、かわいそう?」という質問をすると誰もうなずかないのに、「じゃあ、車椅子に乗っている人は?」という質問には、ほとんどの子が口を揃《そろ》えて「かわいそうだ」と言う。

「みんなは、眼が悪いからメガネをかけるのと、足が不自由だから車椅子に乗っているのは同じだと言ったのに、どうして車椅子の人だけ、かわいそうなのかな」と言うと、「眼が悪い人は、メガネをかけることで見えるようになるけど、足が不自由な人は、車椅子に乗ってもできないことがたくさんあるから、やっぱりかわいそうだ」という答えが返ってくる。

子どもたちの意見は、的《まと》を射《い》ているように思う。障害者が「かわいそう」に見えてしまうのも、物理的な壁による「できないこと」が多いためだ。かわいそうな人など、多いより少ない方がいいに決まっている。

誰もが自由に行動できるような社会。あるべき姿が現実となる日は、まだまだ遠いのだろうか。

「慣《な》れ」がいちばん

障害者を苦しめている物理的な壁を取り除くには、何が必要なのだろうか。ボクは、心の壁を取り除くことが、何より大切だと感じる。乗り物や建物などのハードと呼ばれる部分を創り上げるのは、我々人間だ。その創り手である我々が、どれだけ障害者・高齢者に対しての理解や配慮を持てるかで、ハードのバリアフリー化は、いくらでも進むだろう。

では、障害者に対する理解・配慮はどこから生まれてくるのだろうか。ボクは、「慣れ」という部分に注目している。

駅で障害者が困っている姿を見かけた。しかし、どのように声を掛けたらいいのか分からずに、結局、その場をやり過ごしてしまった。みなさんにも、そんな経験がないだろうか。それは、「慣れ」の問題によるためらいに他ならない。

そして、ここで多くの人は、「ああ、どうして自分は声を掛けなかったんだろう」と自己《じこ》嫌悪《けんお》に陥る。だが、ボクはそこで自分を責める必要はないと思う。ふだん、街を歩いていて障害者を見かける機会は、まだまだ少ない。ふだん、あまり接していない人々に対して適切な対応をしろと言われてもむずかしいものだ。

これは、障害者に限っての話ではない。例えば、自分の家の隣に外国人が引っ越してきたとする。やはり、最初は驚き、戸惑《とまど》ってしまうだろう。しかし、数週間が経ち、彼らの文化や生活習慣に対する「謎」が解き明かされていくうちに、「どこどこの国から来た○○さん」ではなく、「ご近所のうちのひとりの○○さん」と考えられるようになるはずだ。

この例からも分かるように、障害者や外国人といったマイノリティ（少数者）への理解については、「慣れ」という問題が大きな比重を占めていることがよく分かる。しかし、先にも述べたように、街を歩いていて障害者を見かける機会は、まだまだ少ない。そういった人々に慣れるというのは、ほぼ不可能に近いだろう。そこで、鍵を握っているのは、子どもの頃の環境ではないかと思う。

子どもというのは、まだ障害者に対するバリアを持っていない。講演などで、子どもたちの前にボクが登場すると、どよめきが起こった後、シーンと静まり返る。子どもたちは、目をまん丸くして驚いている。しかし、30分ほど話をした後、子どもたちと一緒に給食を食べたり、簡単なゲームをしたりと触れ合っていくうちに「オトくん、オトくん」となついてくれ、帰る頃には「また来てね」などと、うれしいことを言ってくれる。

奇怪《きかい》な姿に警戒はしたものの、「普通のお兄ちゃんだ」ということが分かり、心の壁を取り払ってくれたのだ。子どもたちは、そういった意味で、たいへん柔軟《じゅうなん》だ。「障害者」「健常者」と勝手に線引きをするのは大人であって、子どもたちの世界は言ってみれば「何でもアリ」なのだ。

幼稚園や小学校の時も、そうだった。「どうして、どうして?」と疑問を隠さずに、ぶつけてくる子どもたち。こちらも隠さずに正直に答えてあげれば、彼らにとっては手や足がないことなどは、どうでもいいことであるかのように、なかのよい遊び友達となってくれた。

今でもよく、道を歩いていると、すれ違う子どもに「あの人、手と足がないよ。お母さん、どうして?」と言われる。お母さんは慌《あわ》ててボクに「ごめんなさい、ごめんなさい」と頭を下げ、「いいから、こっちにいらっしゃい」と子どもを引っ張っていってしまう。「あ〜あ」、そのたびにボクは残念に思う。またひとり、障害者に対するよき理解者を増やすチャンスを逃《のが》してしまったと。子どもは純粋だ。障害者を見れば「どうして?」との疑問を抱くが、その疑問が解消されれば、わけ隔《へだ》てなく接してくれる。もっともっと、聞いてきてほしい。「どうして?」という疑問をぶつけてきてほしい。その疑問を心に残したままにすることが、障害者に対する「心の壁」となってしまうのだ。そして、その疑問が解かれ、子どもたちのなかに障害者に対する「慣れ」が生じた時、『心のバリアフリー』は実現される。

ボクは友達から、こんなことをよく言われる。

「たしかに、最初にオマエを見た時はビックリしたよ。どう接していいのか、何を話したらいいのか分からなかった。でも、クラスメイトとして話をしたり、一緒にメシを食うようになって、いつの間にかオマエが障害者だってことが頭から消えちゃってるんだよな。それで、『じゃあ、みんなで遠くに遊びにいこうか』となった時に初めて、『あ、そっか。そういえばオマエは障害者だったんだよな。それじゃ、車椅子に乗ったオマエを連れていくには、どうしたらいいんだろう』となるんだよね」

これは、もちろん友達に対して感謝しなければいけないことではあるが、同時にあたりまえのことでもある。障害の状況などに応じて、特別な配慮を要することはあっても、人間同士のつきあい方として、「障害者だから特別に」ということはないのだ。

初めて出会った時に、必要以上の壁を感じてしまうのは仕方がない。しかし、時間が経《た》っても、つまり、「慣れていない」という言い訳が通用しなくなっても、なお、その障害者に壁を感じてしまうようであれば、それは障害者側の責任であると、ボクは思っている。そこで重要なのが、人柄・相性といった問題であるのは、健常者同士のつきあいとなんら、変わりはない。

そして、しばらく接していても、その人とはつきあいづらいと感じたら、「障害者だから」と変な同情を寄せて、無理に付き合う必要はないだろう。その時、その障害者が「差別だ」などと寝言を言ったら、きちんと教えてあげてほしい。「アンタの性格が悪いんだよ」と。

自分らしく

「慣れ」と同時に、障害者に対する心のバリアを取り除くために必要なのは、他人を認める心だと思う。欧米《おうべい》では、障害者が暮らしやすい社会が築かれていると言うが、それも他人を認める心があるからだろう。さまざまな民族がひとつの国家で生活をしている欧米では、他人と違うといった理由で否定をしていたら、きりがない。そこで、障害者のようなマイノリティに対しても、「多様性」という観点から、障害をその人の「特徴」として受け入れているのだ。

日本は、どうだろうか。欧米とは違い、日本人はほぼ単一民族として生きてきた。すべてが同じであることが原則とされ、そこからはみ出ることを極度に恐れる。そして、はみ出た人間に対して待っているのは、差別や偏見。このような社会では、障害者が受け入れられるのはむずかしいだろう。

今、中学校を中心として起こっている「いじめ」の問題。そのほとんどが、「アイツは、オレたちとここが違うから」といったことが原因であると言われている。もし、子どもたちが他人を認めることのできる心を持ってくれれば、こうしたいじめの大半が解決するだろう。「みんなが違う」のはあたりまえなのだ。

そして、他人を認める心の原点は、自分を大切にすることだ。ボクが、バリアフリーを目指す活動を始めるようになったのは、「ボクには、ボクにしかできないことがある」という想いからだった。しかし、それはボクだけに課せられたものではない。誰にも、「その人にしかできないこと」があるはずなのだ。「自分の役割」に若いうちに気付く人もいれば、年を重ねていくうちに気付く人もいるだろう。なかには、死を迎える時になって、「ああ、自分の役割とは、あのことだったんだ」と気付く人もいるはずだ。ボクの場合、「障害」という分かりやすい目印だったために、自分の役割に気付いたのが、たまたま早かったのだろう。それに気付く時期は、人によってさまざまなのかもしれない。だが、必ず誰しもが「自分の役割」を持っているのだ。

それもそのはずだ。日本中、いや、世界中を見渡したところで、自分とまったく同じ人間などいるわけがない。たったひとりしかいない人間であれば、その人にしかできないことがあって当然なのだ。そうであるなら、ボクらは、もっと自分自身を大切にしなければならない。誇りを持たなければならない。

今の子どもたちは、すぐに「どうせ自分なんて」という言葉を口にする。しかし、もしも彼らが、自分はひとりしかいない、かけがえのない存在なんだと、自分を誇りに思えるようになれば、「どうせ自分なんて」という自ら人生をつまらなくするような言葉は口にしなくなるだろう。

そして、自分の存在を認められるようになれば、自然に、目の前にいる相手の「相手らしさ」も認めることができるようになるはずだ。自分も、たったひとりの自分であるように、この人も、たったひとりしかいない、大切な存在なんだと。

障害者が暮らしやすいバリアフリー社会を創るためだけではない。すべての人が、与えられた命を無駄にすることなく、その命を最大限に活かして生きていくためにも、自分らしさを見失わず、自分に誇りを持って生きていくことを望みたい。

そしてボク自身、「心のバリアフリー」に少しでも貢献していくことで、自分に誇りを持って生きていけるようになりたいと願っている。

あとがき

――五体満足でさえいてくれれば、どんな子でもいい――

これから生まれてくる子どもに対して、親が馳《は》せる想いはさまざまだろうが、最低限の条件として、右のような言葉をよく耳にする。

だが、ボクは、五体不満足な子として生まれた。不満足どころか、五体のうち四体までがない。そう考えると、ボクは最低条件すら満たすことのできなかった、親不孝な息子ということになる。

だが、その見方も正しくはないようだ。両親は、ボクが障害者として生まれたことで、嘆《なげ》き悲しむようなこともなかったし、どんな子を育てるにしても苦労はつきものと、意にも介《かい》さない様子だった。何より、ボク自身が毎日の生活を楽しんでいる。多くの友人に囲まれ、車椅子とともに飛び歩く今の生活に、何ひとつ不満はない。

胎児診断《たいじしんだん》、もしくは出生前診断《しゅっしょうぜんしんだん》と呼ばれるものがある。文字通り、母親の胎内《たいない》にいる子どもの検査をするというものだが、この時、子どもに障害があると分かると、ほとんどの場合が中絶《ちゅうぜつ》を希望するという。

ある意味、仕方のないことなのかもしれない。障害者とほとんど接点を持たずに過ごしてきた人が、突然、「あなたのお子さんは、障害者です」という宣告《せんこく》を受けたら、やはり育てていく勇気や自信はないだろう。ボクの母も、「もし、私も胎児診断を受けていて、自分のお腹《なか》のなかにいる子に手も足もないということが分かったら、正直に言って、あなたを産んでいたかどうか自信がない」という。

だからこそ、声を大にして言いたい。「障害を持っていても、ボクは毎日が楽しいよ」。健常者として生まれても、ふさぎこんだ暗い人生を送る人もいる。そうかと思えば、手も足もないのに、毎日、ノー天気に生きている人間もいる。関係ないのだ、障害なんて。

そうしたメッセージを伝えるためにも、この本のタイトルをあえて『五体不満足』という、少々、ショッキングなものとした。五体が満足だろうと不満足だろうと、幸せな人生を送るには関係ない。そのことを伝えたかった。身体に障害をお持ちの方で、この『五体不満足』というタイトルを見て、不快に感じた方もいらっしゃるかもしれない。だが、そうしたボクの意図に、理解を示していただければありがたい。

「障害は不便である。しかし、不幸ではない」

ヘレン・ケラー

最後に、この本を刊行するにあたってご尽力いただいた、講談社の小沢一郎氏に心から感謝の気持ちを記したい。

乙武　洋匡

1998年　初秋

第4部

社会人時代

新たな旅路《たびじ》

迷い

引き裂《さ》かれる心

ボクは。ボクが。ボクの。ボクに――これがすべてだった。当時、22歳の乙武洋匡。その分身《ぶんしん》とも言える『五体不満足』は多くの人に読まれる本となった。そこに登場する乙武洋匡、いや「オトくん」は、みんなの人気者となる。ここから始まる苦悩《くのう》は、想像を絶するものだった。でも、それは仕方のないことかもしれない。自分で、人気者になるような書き方をしていたのかもしれない。普段は、「オレ」とか言ってるくせに、かわい子ぶって「ボク」なんて……。

もし、人生をやり直せたら。物事に「たら、れば」はあり得ないが、もしも神様がやり直しを認めてくれるのなら、私は『五体不満足』出版前に時計の針《はり》を戻すかもしれない。出版以降の永く濃密《のうみつ》な2年半――決して、甘い思い出ばかりが詰《つ》まっているわけでもないこの2

年半を振り返ると、私は再びこのレールの上を歩む選択《せんたく》をする自信がない。

「あ、ほらほら。あの人、本出した人。何だっけ、えーと……オトボケさん!」

なんて笑わせてくれる反応は、ごくわずか。たいていは、「本、読みました」「感動しました」「頑張ってください」と判《はん》を押したように同じ言葉を並べ、写真やサインを求める。写真? サイン? それって、芸能人のすることだろ? そう。芸能人とまではいかないが、いつの間にか私は有名人になってしまっていた。写真やサインを求められる、「テレビの向こう側」の人間になってしまっていた。

ごく普通の生活を送っていた大学生にとって、この急激な環境の変化には心の調子を崩《くず》さずにいられなかった。どこに行っても刺《さ》さる視線。聞こえてくるヒソヒソ話。善悪を問わず、好奇《こうき》の的《まと》に晒《さら》されている自分。想像してみてほしい。自分の知らない人たちが、みんな自分を知っている。みんな声を掛けてくる。みんな手を振ってくる。あの目立つ車椅子。通りの向こう側にいても、「あ、オトタケ君だっ!」。近くで支えてくれる人たちの存在がなければ、間違いなくノイローゼになっていた。

だが、その好奇の対象は、私だけでは収まりきらなかった。家族、友人、恋人――「近くで支えてくれる人たち」にまでその被害が及んだ時、私はやり場のない怒りに包まれた。『週刊女性』『女性自身』『FLASH』……。新聞の広告や電車の中吊《なかづ》りで目にしたことのあるような雑誌が、こうして自分の生活を苦しめるようになるとは思ってもみなかった。もう少し、もう少し待てば、この騒ぎも収まるはず。そう思い、必死に重ねていた我慢が、結果として彼らを付け上がらせ、常軌《じょうき》を逸《いっ》した行動をますますエスカレートさせてしまった。

結局、弁護士を通じてクレームを出すまでの約半年間、私は自宅前に居座《いすわ》り続ける数社のカメラマンに見張られながら、重大な事件の容疑者であるかのような生活を余儀《よぎ》なくされた。

なぜかコソコソ会うようになっていた恋人とも、次第に会う機会を減らしていった。正確に言えば、減らされていった。堂々と会えばいい。そんなことを言われたって、カメラがどこから狙《ねら》っているか分からないような状況の中では、楽しいデートなど実現するはずもない。

「今、付き合っている女性はいません。前に付き合っていた彼女？　もう別れましたよ」

心で血を流しながら、マスコミに空虚《くうきょ》なウソをつくようになっていった。どうしようもない不安が私を襲う。このまま、ひとりぼっちになっていくのかな――。

「オトくん」の苦悩

15年近く前のことだ。泣き叫ぶ子供に手を焼くお母さんが、まだ小学生だった私を指差して、こう言った。

「ほら、カズ君。言うことを聞かないと、あのお兄さんみたいになっちゃうわよ」

本を出して以降は、こんな手紙が来る。

「我が家には、３歳になる息子がいます。将来、乙武さんのような人になってくれたらと願って止《や》みません」

乙武さんのような人――いったい、どんな人だろう。自分のことしか考えられないワガママ男？　デート中でも、いいオンナには視線を奪われるスケベじじい？　いや、違う。

「清く、正しく、美しく」

「明るく、楽しく、元気よく」

どこかの学校の標語にでもなりそうなイメージを、確かに抱かれていた。もちろん、そうでない〝本性〟を見抜いていた人も多くいたに違いない。だが、それは若い人がほとんど。私よりも数段上の年代になると、目の中に入れても痛くないといった表情でこちらに手を振ってくる。そう、それはステージ上でお遊戯《ゆうぎ》をする幼い子供を見守る表情。20歳を過ぎた男に向けられる視線では、決してなかった。

当たり前だ。彼らの視線の先にいるのは、私ではないのだから。そこにいるのは、現在《いま》を生きる乙武洋匡でなく、まだまだ幼く、元気に校庭を走り回る「オトくん」なのだ。それは正《まさ》しく、『五体不満足』というステージの上でお遊戯をしている子供に向けられる視線だったのだ。

でも、私は生きている。アニメの主人公でも、動くヌイグルミでもなく、私は人間として生きている。そろそろ大学を卒業しようかという男は、10歳そこそこのガキんちょの「幻《げん》影《えい》」に縛《しば》られて生きていた。愛されることの鬱陶《うっとう》しさ——。正確には、違う。愛されていたのは、「オトくん」なのだから。膨大《ぼうだい》な講演依頼を受けたのも、実は「彼」だった。

出版以降、電話やFAXなど、講演依頼の数は1日に300件を越えるようになった。それでも、私は1件も引き受けなかった。どんなに粘《ねば》り強く交渉《こうしょう》されても、どんなに親しい知人から頼まれても、首をタテに振ることはしなかった。そこに、私はギャップを感じていたのだ。

「天使のオトくん」「純真無垢《じゅんしんむく》なオトくん」——本を読んでくれた人々が私に対して抱いているイメージは、リアルに存在している乙武洋匡の実像とは合致《がっち》しえないものとなっていた。そのズレを微妙に感じ取っていた私は、その場へ赴《おもむ》くことを拒否し続けた。行けば、きっと無理をしてしまう。みんなの望む「オトくん」を演じきってしまう。それを続ければ自分が自分でなくなってしまうことに気付いた私は、そこで決断をした。

講演をお断りする。20歳そこそこの学生がそのような態度を取るとは失礼極《きわ》まりない話なのだが、誠意を持って事情をお話しすれば、ほとんどの場合、理解していただくことができた。だが、稀《まれ》に叱られた。それは、流行《はや》りの逆ギレに近かった。

「私たちは営利目的の団体ではなく、ボランティアで、善意で活動を行なっている団体なのです。にもかかわらず、どうしてご協力いただけないのでしょうか」

怒りを含んだ電話の声。自らの正当性のみを主張する〝善意の〟団体は、明らかにこちら側の意志と存在を無視していた。

仕事なら行くだろう。義務としてやっているなら。だが、当時は学生だ。他にやりたいことだって山ほどある。それまでは、「行きたい」という気持ちに基づいて講演をしていたが、その気持ちが萎《な》えてしまった以上、私が講演活動にこだわる理由は何もない。がなり立てる電話の声を聞きながら、私はぼんやり考えていた。

「求められる『オトくん』はいい。俺は、乙武洋匡は、どこへ行けばいいんだろう……」

代表ではなく

講演依頼と同時に、メディアへ露出《ろしゅつ》する機会も格段に増えた。最初は、面白がってやっていた。それは、そうだ。大の大人たちが、わざわざ早稲田まで自分の話を聞きに来てくれる。得意気になってしゃべる若造《わかぞう》の話を、テープは一生懸命に録音し、記者は必死にペンを走らせる。面白くないはずがない。『徹子の部屋』に出るなんて、友達や親戚は大はしゃぎだった。

次第に、飽きてきた。繰り返される同じ質問。

「どうして、そのような明るい性格になったのですか?」

「すばらしいご両親の育て方とは?」

「苦労を乗り越えられた精神力はどこから?」

本、読めよ。書いてあるだろ。だから、友達とワイワイ楽しくやってたら、ここまで来ちゃったんだってば。苦労？　そんなモン、別になかったよ！

なぁんて、エエカッコしいのオトタケに言えるはずもなく、毎回毎回、丁寧《ていねい》に同じ答えを繰り返していた。結果、飽きてくる。

飽きが苦痛に変わり、苦痛が不安へと変化していくのに、そう時間はかからなかった。不安の源――それは、取材を受けた後に記事として残る私のコメント。

「障害者だって、明るく楽しく生きている」

「みんなが思っているほど、ツラい環境ではない」

これは、私の意見だ。だが、記事を読む限りでは一般論に思えてしまう。そうか、障害者っていうのは、こういうことなのか……早合点《はやがてん》されては困るのだ。乙武洋匡は単なる一個人であって、障害者代表でもなければ、社会に物申すでもない。あくまでも、「自分はこうなんだ」と話しているに過ぎないのだが、どうしても「障害者とは」と語っているように聞こえてしまう。これは、マズイ。

自分が、なぜ『五体不満足』を出版したのか。それは、障害者に対する固定観念《こていかんねん》を打ち破りたかったから。「マジメで、おとなしく、頑張っている」障害者ばかりでなく、「不マジメで、明るく、頑張っていない」障害者もいるのだと多くの人に伝えたかった。この本が多くの人に読まれたことによって、当初の目的はある程度、達成されたと言っていい。だが、予測を遥《はる》かに越えた売れ行きを見せたことで、また別の新たな問題を引き起こすこととなった。『五体不満足』を読んだ人が、「障害者＝乙武クン」、「障害者＝明るく楽しい人」というイメージで捉《とら》え始めてしまったのだ。

これはこれで、問題がある。確かに、私は楽しくやってきた。だが、他の人は知らない。差別を受け、苦しんできたかもしれないし、私と同じく自由に生きてきたかもしれない。それは、私には分からない。だからこそ、語らないようにしていた。他人のこと、障害者一般のことを語れるほど勉強をしたわけではないのだから。

にもかかわらず、私が取材を受けた掲載誌を見ると、明らかに〝障害者について〟語っていた。「僕の場合は」「他の人は分かりませんけど」といった言葉はスペースの関係で省略され、そこでは本の売れた大学生が得意気に〝障害者論〟をぶっていた。

バリアフリーの旗頭《はたがしら》

同じ頃、『ニュースの森』（TBS系）という夕方のニュース番組で仕事をしていた。サブ・キャスターとして様々な場所へ出掛け、様々な人の話を聞く。詳しくは、『乙武レポート』を読んでもらいたいのだが、当時まだ学生だった私にとっては刺激的な毎日だった。情熱的で、魅力あふれる仲間に囲まれる日々は、かけがえのない時間だった。それでも、私は決断をした。

このままでいいのだろうか。悩み始めたのは、コートを着始めた頃だった。楽しい。間違いなく、今の生活は充実している。能力と経験ある彼らとの結びつきは、多くのものを私に植え付けてくれている。できることなら、このまま続けたい。でも……。

大学卒業後の進路を考えた時、私の気持ちは行ったり来たりを繰り返していた。もちろん、この楽しく充実した生活を手放したくはない。それでも、手放さなければならないのではないか。そんな想いが私を責め立てる。それは、私がメディアの取材を受けた後に感じる不安と同じ類《たぐい》のものだった。乙武洋匡という存在そのものが、〝障害者の代表〟となっていくことへの不安――。

『五体不満足』で自分のメッセージを伝えることに挑戦した私は、『ニュースの森』の仕事を通して、他人のメッセージを「私が媒介《ばいかい》となって」伝えていくという面白さに興味を覚え始めていた。だが、最も大切な「何を」伝えていくかという部分で、私には拭《ぬぐ》い去ることのできない迷いがあった。

「交通機関のバリアフリー」
「神社仏閣《じんじゃぶっかく》のバリアフリー」
「学校のバリアフリー」

月に1~2回のペースで出演していた私だったが、そのほとんどが「バリアフリー」をテーマにしたものだった。当初こそ、「伝える」ことの面白さに没頭《ぼっとう》し、他のことを考える余裕すら失っていたが、徐々に疑問を抱き始めるようになった。バリアフリーばかりで、いいのだろうか。

もちろん、他に何ができるわけでもない。政治、経済、事件、事故……。どれも中途半端で終わってしまうだろう。だからと言って、このまま「バリアフリー」だけを扱い続けることが得策だとは思えない。「障害者の代表」「バリアフリーについて語る」乙武クンとのイメージをますます強めてしまう危険性がある。

私には、分からない。自分のことしか分からない。障害、福祉《ふくし》、バリアフリー……そうしたものの代名詞となり、旗頭となるつもりはなかった。そんな覚悟は、持ち合わせていなかった。だが、メディアでの扱われ方や『ニュースの森』での仕事を顧《かえり》みる限り、私に期待されているのは、そういったものなのかもしれない。世間が私に望んでいるのは、障害者のオピニオンリーダー的役割なのかもしれない。

そこに気付いた時、私には『ニュースの森』を辞める覚悟ができていた。このまま、「楽しいから」と続ければ、将来的に必ず自分を窮屈《きゆうくつ》にさせてしまうことになる。心残りはあったが、自分の置かれている立場を冷静に振り返った時、取るべき行動は自然に見えてきた。

それでも、私は生きていかなければならない。大学を卒業して、一社会人として生きていかなければならない。何をしていくか——とりあえず、白紙に戻してゆっくり考えよう。

次なるステージ

見えた！

年が、明けた。ミレニアムという聞きなれない言葉に世の中がふわりと浮き上がっているのを感じながら、私は次なる職探しを始めた。友人が就職活動を始めたのが、ちょうど1年前。みんなより1年遅れてのスタートとなった。

キーワードは、「伝える」。やはり、『ニュースの森』での1年間が、「伝える」仕事の面白さを私に教えてくれていた。何かを伝えていきたい。人にメッセージを伝えていく仕事がしたい。だが、ここで複雑になってくるのが、『五体不満足』で大きくぶち上げた「バリアフリー」というテーマだった。

世の中に対する登場の仕方があああいったものだった以上、この「バリアフリー」というテーマは、今後、乙武洋匡とは切っても切れない関係となってくるだろう。もちろん、私のなかでも、そこへの想いが消え失《う》せたわけではない。しかし、私がその分野で仕事をするかと言えば、また話は別だ。

寄《よ》せられる手紙などで、「障害者福祉のリーダーに」との声も多くあったが、私はそこに違和感《いわかん》を感じていた。福祉の世界にどっぷり身を置き、バリアフリーを声高《こわだか》に叫ぶ。これも、ひとつの手段ではある。だが、もっと違ったアプローチがあるのではないか。もっと効果的なアピールの仕方があるのではないか。次第に、そう考えるようになった。

ここ数年間のメディア露出《ろしゅつ》で、私はよく知られる存在となった。日本で最も有名な障害者となってしまったのかもしれない。その人間が福祉の世界に従事することは、果たして〝正解〟なのだろうか。

「ああ、乙武クンって、やっぱり福祉の方面に進んだんだ」

この「やっぱり」が問題なのだと思う。障害者が進むべき道は、福祉の世界。そうした固定観念があるからこそ、「やっぱり」となってしまうのだ。それは、能力の限界を認めるようでイヤだった。障害者が、福祉とまったく関係のない分野で活躍をする。そうしたことこそが、本当の意味での「バリアフリー」に繋《つな》がっていくのではないか。

では、障害やバリアフリーといったものにフタをした時、私にはいったい何が残るのだろうか。何も、残らなかった。私がこれだけメディアに重宝《ちょうほう》がられ、扱ってもらえたのも、私が障害者であり、車椅子に乗っているからこそ。そこから切り離してしまえば、ただのノ

―天気な大学生。残るものは、何もなかった。

朝日新聞から原稿依頼が来たのは、ちょうどその頃だった。もうすぐ開幕するプロ野球に向けての特別コラムを書いてほしいとのこと。子供の頃からスポーツ大好き人間である私は、二つ返事で引き受けた。何を書こうか……考えただけでワクワクする。ふと、思った。何なんだ、このワクワクは――。

元々、文章を書くのは苦手だった。人と話すことが好きな私にとって、部屋に閉じこもり、ひとりパソコンに向かう作業は、どちらかと言えば苦痛の部類に入る。だが、今回は違う。原稿のことを考えるだけで楽しい気分になり、心が華《はな》やいでくる。今までに経験したことのない高揚《こうよう》感が胸の奥から持ち上がってくる。見えてきた。やっと見えてきた。私は、スポーツが好きなのだ。

就職活動

車椅子で立ち読みをするのは、なかなか難しいことだったりする。すでに先客があれば、その一角に近づくことはできないし、この短い腕では本を手に取ることさえままならない。だが、私にはそれでも読みたい雑誌があった。文藝春秋《ぶんげいしゅんじゅう》が発行するスポーツ総合誌、『Ｎｕｍｂｅｒ《ナンバー》』。

〝スポーツグラフィック〟を謳《うた》っているだけあって、写真がとても美しい。ポートレート的な写真ではなく、ページをめくる度《たび》に躍動《やくどう》感と迫力に満ちた選手が現れる。スポーツの持つ美しさを存分に表現している雑誌だ。ここに自分の文章が載せられたら……身震《みぶる》いするほどの緊張感が体中を駆《か》け巡《めぐ》った。

今思えば、無謀《むぼう》なことをしたものだ。知り合いの編集者の伝手《つて》をたどって、『Number』に連絡を取ってもらう。そこで、私が仕事をしたがっていることを伝えてもらう。何とか、編集長にまで話を通してもらえた。だが、そこからが長かった。

待てど暮らせど、ノーリアクション。そのまま半月以上が経過した。やはり、無理だったのだ。何の経験もない男が、『Number』で記事を書かせてもらうなど、どう考えてもあり得ない話なのだ。そう諦《あきら》めかけていた矢先、件《くだん》の編集者から電話が入った。

「来たよ、来たよ。編集長自《みずか》ら、来週会ってくれるって」

面接会場は、ホテルのティールーム。編集長と若手編集者。私は、いつになく緊張していた。

「で、乙武さんとしては、どういったものをお書きになりたいんでしょうね。例えば、試合の観戦記だとか……」

今日は○○球場で、△△対□□の試合を見てきました。試合は、☆対◎で△△の勝利！僕の応援している◇◇選手も活躍しました。やったね！……私が書きたいのは、そんな文章ではない。

「いや、そうしたものも興味はあるんですが、僕がいちばんやりたいのは、選手のインタビュー記事なんです」

「んー、つまり……人間を描《か》きたい？　いいかもしれないね。怪我《けが》でスランプに陥《おちい》った選手が復活を期《き》すドラマだとか。なるほどね、いいかもしれない」

「いや、そういうんでもないんです。どちらかと言うと、これから芽《め》が出てくるような若手選手をやっていきたいと思っていて」

「ほーほーほー、若手選手。それは、どうして？」

「自分自身、これから大学を卒業して社会に出ようという時期で、自分に対する自信もあれば、やっぱり不安もある。スポーツ選手もね、同じだと思うんですよ。自分は活躍できるという自信は絶対に持ってるはずだとは思うんですけど、本当に通用するだろうかという不安もあって。そういう矛盾《むじゅん》した気持ちを、自分のなかでどう処理しながらプレーしてるのか。何て言うか……やっぱり自分と重《かさ》なってくる部分があるんで、そういった部分に着目した記事が書ければなと思ってるんです」

「なるほどねぇ」

問題は、ただひとつ。乙武洋匡という名前だった。一般的な雑誌であれば、『五体不満足』著者というネームバリューはそれなりの宣伝効果となる。だが、『Ｎｕｍｂｅｒ』の読者は、そんなものを求めてはいない。彼らは優《すぐ》れたスポーツの記事が読みたいのであって、有名人の書いた文章が読みたいわけではないのだ。純粋な『Number』ファンにとって、乙武洋匡の登場は不可思議《ふかしぎ》であり、ある意味、品位を落としかねない問題になってくる。だが、残念なことに、私は乙武洋匡なのだ。

じゃあ、乙武洋匡ではなくしてしまえばいい。突然、そう思った。名前を変える。乙武洋匡であることを一切《いっさい》伏《ふ》せて、「山田太郎」でも、「田中一郎」でも、ペンネームで記事を書く。そうすれば、面倒くさい諸々の事情に悩まされなくても済むではないか。

もちろん、抵抗がないわけではなかった。名前を変えるということは、これまで積み上げてきた経歴をすべて「無」にするということ。だが、本当に『Number』で仕事ができるなら、それでもいいと思った。ゼロからやり直す自分にとっては、ちょうどいい機会かもしれない。

その気持ちを『Number』側に伝えると、何だか、ふっと心が軽くなるのを感じた。ここまでしたなら十分だ。これでダメなら、もういいじゃないか。

正式に連載《れんさい》が決定したのは、それから1ヵ月ほど後のことだった。

理想の文章

ペンネームではなく、「乙武洋匡」。ただし、顔写真などは一切使わず、他のライターと同じ扱い。選手の人選は、基本的に自由。こんなありがたい条件で、毎号連載「フィールド・

インタビュー」は始まった。第1回はサッカーの稲本潤一《いなもとじゅんいち》選手(ガンバ大阪)、第2回はプロ野球の五十嵐亮太《いがらしりようた》選手(ヤクルトスワローズ)。どちらも、21世紀を担《にな》う「これから」の選手だ。人選は自由と言っておきながらも、フタを開《あ》けてみると結局は編集部の言いなりにならざるを得ないというのはよくある話だが、稲本にしろ五十嵐にしろ、本当に私の希望する選手を取材させてくれる環境だった。望むことは、何もない。

回を重ねていくうちに、連載に対する評価も耳に入ってくる。概《おおむ》ね、こうだった。

——巧《うま》い。ソツなく、無難。だが、誰が書いても同じような文章。せっかく乙武洋匡が書いているのだから、もっと自分を出した方がいいのでは——

ある意味、狙い通りだった。車椅子に乗っていなくても、『五体不満足』著者でなくても通用する文章。それが、私の望む読まれ方だった。だが、「単なる」ライターならば良しとしても、「優れた」ライターを目指すのなら、問題がある。やはり、魅力的で独自性あふれる切り口、文体でなければならない。独自性——ここで壁にぶち当たった。

障害者であること。有名人であること。そんなところに独自性を見出そうと思えば、いくらでもできる。だが、それでは意味がない。『ニュースの森』から卒業し、この世界に身を投じる時、「障害」や「バリアフリー」には別れを告げてきたのだ。再びその封印《ふういん》を解《と》いてまで一時的な評価を得ようとは、どうしても思えなかった。

もうひとつ、私には「誰が書いても同じような文章」にこだわる理由があった。正直、私はメディアの脅威《きょうい》に怯《おび》えていたのだ。メディアとは、興味を持った対象は必要以上に持ち上げるが、いったん興味を失えば手のひらを返したように冷たく扱う。ベストセラーを書いた大学生など、格好の餌食《えじき》だろう。だから、私は怖かった。人から注目されることでメシを食っていこうなどと目論《もくろ》んでいれば、いつか痛い目を見る。『五体不満足』の乙武で〜す！なんて言っても、誰も見向きもしなくなる日が、いずれ来る。その日のために、私は「誰でもない自分」を用意しておく必要があった。今の仕事をすべて失ったとしても、「スポーツライター」として生きていけるだけの能力を身に付けておく必要があった。だからこそ、批判的要素を込めて放たれたであろう「誰が書いても同じような文章」という評価に、私は安堵《あんど》感さえ覚えていた。

亡霊《ぼうれい》

楽しくて仕方がなかった。スポーツの現場に出向き、興味のある選手に話を聞き、その選手の魅力をひとりでも多くの人に伝える。望んでいた通りの仕事ができている毎日に、私はこの上ない充実感と喜びを感じていた。あの日が来るまでの数ヵ月間は……。

中田英寿《なかたひでとし》、中村俊輔《なかむらしゅんすけ》、稲本潤一ら、「黄金世代《おうごんせだい》」と呼ばれるメンバーがメダル獲得を期待されたシドニー五輪・男子サッカー。テレビの取材で、彼らの軌跡《きせき》を追うこととなった。豪州《ごうしゅう》・キャンベラ。その日は試合も移動もなく、日本代表は現地グラウンドを借りての軽めの練習。私は、グラウンド脇《わき》からじっと練習を見つめていた。その時だった。

「キミは……」

ひとりの年配男性が近寄ってきた。

――お、他の記者さんだ。気に入ってもらえるよう、丁寧に対応しなくちゃ――

やはり、この世界の新入りという立場上、他のライターや報道陣には、必要以上に気を遣《つか》ってしまう。

「何しに来てるの、こんなとこまで?」

「何って……取材ですけど」

「取材? これの?」

その男性はニヤニヤ笑いながら、グラウンドを指差して言った。彼は、さらに続ける。

「どうせ、ド素人《しろうと》なんでしょ。サッカーのこと、何も分かってない」

ムカッ。

「一応、7月から『Number』さんで連載させていただいてはいるんですけど」

「そんなの数ヵ月じゃない。アンタにサッカーの何が分かるの? どうせ、視聴率《しちょうりつ》稼《かせ》ぎに使われてるだけでしょ。だからね、アンタは取材者だとかライターだとか言ってるけど、結局はタレントなんだよ。タ・レ・ン・ト!」

ズドドドドーン。〝日本一打たれ弱い男〟を撃沈《げきちん》させるには、十分すぎる一撃だった。スタッフとも話す元気を失い、部屋にひとり佇《たたず》む。つい先ほどのシーンを思い返しながら、自分のなかで懸命に言い訳をこしらえていた。

だって、だって……。誰にだって、「駆け出し」の時期はあるわけだし、有名人ということを武器に仕事をしている訳ではないし、こんなに一生懸命に頑張ってるのに……。

でも、彼の言う通りだった。私が起用されているのは、やっぱり『五体不満足』著者であるから。彼の指摘通り、私のサッカーに関する知識は、他のライターと比べれば雲泥《うんでい》の差だろう。そう考えれば、テレビだけでなく『Ｎｕｍｂｅｒ』だってそうだ。大学を卒業したばかりの若者が、いきなり「連載を持たせてください」などと言ったら、間違いなくグーで殴られるだろう。それは、私が『五体不満足』著者であったから成立した話なのだ。

なんだ、ダメじゃん。「乙武洋匡であること」にフタをした上でスポーツの世界に来たつもりなのに、やっぱり、そこから脱しきれていないのだ。もう、イヤだ。

またしても、『五体不満足』の亡霊《ぼうれい》に取り憑《つ》かれた私は、すべてに対するモチベーションを失いかけていた。

スタイル

日本にいる『Ｎｕｍｂｅｒ』担当編集者から電話が入ったのは、その翌日のことだった。

「あ、もしもし。オトくん？　この前、書いてくれたベイスターズの金城《きんじょう》（龍彦《たつひこ》）の原稿なんだけど、あれを読んだデスクがすごく評価しててね。通常の連載枠《わく》じゃなくって、特集記事として使いたいって言ってるんだけど、どうかな?」

大げさではなく、飛び上がるほど嬉しかった。涙が出るほど嬉しかった。そうだ、私にはこれしかないんだ。

キャンベラで私を口撃してきた記者の心理状態は、何も特殊なものではないと思う。面と向かって私に言わないだけで、他のライターにも同じ感情を抱いている人はいるだろう。いや、ほとんどがそうかもしれない。もう、それは仕方のないことだ。他人とは異なる状況下で仕事をスタートさせ、恵まれたチャンスを与えられている以上、そうした見方をされることは当たり前のことなのだ。

あとは、結果を残すだけ。与えられたチャンスに空振り三振では、非難の声も一気に噴《ふ》き出すだろう。だが、着実に結果を残していけば、いつかは認めてもらえるはず。その日が来るのを待つしか、いや、その日を自分の力でたぐり寄せるしか方法はないのだ。

その日から、私は再び輝きを取り戻した。新たな目標が設定された私の気力は充実し、自分でも驚くほどの体力にあふれていた。いい記事を書こう。いい仕事をしよう。この時、改めて思った。「誰が書いても同じ文章」を書く「単なる」ライターではなく、「優れた」ライターになりたいと。

それには、『Ｎｕｍｂｅｒ』連載当初にぶち当たった壁を打ち破らなければならない。その壁とは、独自性を出すこと。車椅子に乗っていることでもなく、有名人であることでもない、乙武洋匡の独自性。ライターとしての独自性。いったい、どこに求めていけばいいのだろう。

重ねてきた過去を振り返った時、私はインタビューを重視して仕事をしてきたことが分かった。キャンベラでも指摘されたように、やはり、野球やサッカーといった「スポーツそのもの」に対する知識や経験は、さほど誇れるものではない。この戦術は、チームにどういった効果をもたらすのか。後半からあの選手を投入したことが、結局は終盤の逆転勝利につながった——私よりも鋭い目を持った書き手が、山ほどいるだろう。

選手の内面を描《か》きたい。私の行き着いた結論は、そこだった。あの瞬間、何を感じていたのか。何のためにプレーしているのか。今、何を想っているのか。そんなことが伝えられたら。素直にそう思えた。それには、インタビューだ。もちろん、彼らの「職場」である球場やスタジアムでの姿も自分の目で見る必要がある。だが、それ以上に、インタビューを真剣勝負の場にしたい。そこで、いかに彼らから多くを引き出せるかで勝負できるライターになりたい。方向性が、見えてきた。

彼らが取材者に多くを語るのは、そこに信頼感を見出した時だ。語りづらい内容でもこの人に真実を話そうと思うのは、そのライターに心を許しているからだ。それは、想像で物を言っているのではない。断言だ。なぜ、断言できるのか。それは、私自身が数限りないインタビューを受けてきたから。

これだ。取材される側のことを最も理解しているライター。この気持ちを大切に持ったまま選手に接することができれば、きっと信頼される書き手になれる。彼らが真摯《しんし》に話してくれた内容を誠実に原稿へとまとめれば、そこに〝乙武洋匡の独自性〟が生まれてくるのではないか。

そこから、私の連載に変化が現れ始めた。書いているものが少しずつ認められ始め、それまで「様子見」していた他の出版社からも原稿の依頼をもらえるようになった。もちろん、まだまだだ。自分の納得するものが毎回書けているかと言えば、そうでもない。勉強していかなければならないことは山ほどある。だが、もう迷いはない。理想とすべき自分のスタイルを確立すべく、努力と取材を重ねていくだけ。何を言われようが、どんな目で見られようが、もう気にすることもないだろう。

自信家の私が本当の自信をつかむまで、もう少し時間がかかりそうだ。その成長過程を見守っていてほしい。記事という結果が形として残る世界で勝負し続けていく決心をした私を見守っていてほしい。自信をつかんだ先には何が待っているのか、それは私にも分からない。でも、信じている。きっとワクワクするような「次の壁」が待っていることを。

エピローグ

岸辺に着《つ》けたボートのなかで、私はぼんやりと過ごしていた。あたたかな陽射《ひざ》しに誘われるように、のんびりと昼寝をしていた。ふと目を覚ますと、吹くはずのない岸からの風に煽《あお》られて、ボートは沖へ沖へと流されていた。だんだんと遠ざかっていく岸辺、環境、仲間たち……。願いも虚《むな》しく、元いた場所はほとんど見えなくなっていた。

小さなボートのまま、ついに大海へと放り出されてしまった私。始めの頃は、嘆《なげ》き、悲しみ、途方に暮れるばかりだった。事あるごとに岸へと帰るチャンスを窺《うかが》っても、それは無意味なことだった。もう引き返すことができないほど遠くまで流されてきたことに気付いた時、もう振り返っても無駄だと理解した時、私はようやく辺《あた》りを見渡した。

光をいっぱいに受け、眩《まぶ》しいほどにキラキラと輝く水面《みなも》。どこまで漕《こ》ぎ出しても、行き着くことのない広大な世界。よく目を凝《こ》らして見れば、ひとりぼっちだと思っていたその場所にも、新たな仲間たちが待っていた。悪くないかもしれない。ここも、素敵な場所かもしれない。

確かに、私はこの本を書いたことで多くの荷物を背負《せお》うこととなった。今までのような笑顔で、屈託《くったく》なく「幸せだ」と言うことができなくなった。だが、私はこの本を恨《うら》んでいるわけではない。失ったものもあったが、この本が代わりに与えてくれた多くの存在も、決して無視することはできないのだ。

数々の出会い。そして、チャンス。『五体不満足』の出版以降、私は数え切れないほどの出会いを果たした。それも、私に刺激と愛情を与えてくれる素晴らしい出会いばかり。そうした出会いは、確実に私を成長させてくれた。

『ニュースの森』や『Ｎｕｍｂｅｒ』を始めとするメディアでの仕事は、困難に打ち克《か》つ力と経験を与えてくれた。そこでの仕事をするチャンスを与えてくれたのも、やはり、この本なのだ。

もう、振り返ることはないだろう。いつまでもメソメソしている姿は、私には似合わない。新たな世界に「漂流」してきて2年半。ようやく、この世界で生きていく決心ができた。ここで、生きていく。

後悔だけはしたくない。覚悟を決めた以上、心行くまで暴れようと思う。幸い、ここでは太陽の陽射しをいっぱいに浴びることができる。その光を全身に浴びて、私自身も輝き続けていきたい。岸辺に残してきた両親の目にも届くくらい、力いっぱい輝いていたいと思う。

乙武洋匡の「過去」、そして「現在」を綴った『五体不満足　完全版』を、25年間、愛を注ぎ続けてくれた私の両親に捧げます。

乙武　洋匡

2001年　陽春

本書は１９９８年10月に小社より刊行された『五体不満足』に、第４部とエピローグを新たに書き加えた作品です。

|著者|乙武洋匡　1976年、東京都生まれ。大学在学中に出版した『五体不満足』（講談社）が500万部を越す大ベストセラーに。卒業後、「スポーツの素晴らしさを伝える仕事がしたい」との想いから、『Number』（文藝春秋）連載を皮切りに執筆活動を開始。スポーツ選手の人物を深く掘り下げる眼に定評がある。2002年８月にはワールドカップ31日間の記録を書き下ろした『残像』（ネコパブリッシング）を出版。著書に自伝『五体不満足 完全版』、TBS系『ニュースの森』でサブキャスターを勤めた経験をまとめた『乙武レポート』、自身のHPにつづられた２年間の記録をまとめた『ほんね。』（以上、講談社）、『Number』での連載原稿をまとめた『W杯戦士×乙武洋匡』（文藝春秋）、ドラえもんの絵に詩を載せた『とってもだいすき　ドラえもん』（小学館）など。
オフィシャルHP　http://www.ototake.jp

五体不満足《ごたいふまんぞく》 完全版《かんぜんばん》
乙武洋匡《おとたけひろただ》

講談社文庫
定価はカバーに
表示してあります

2001年４月６日第１刷発行
2007年３月26日第19刷発行

発行者――野間佐和子
発行所――株式会社 講談社
東京都文京区音羽2-12-21　〒112-8001
電話 出版部 (03) 5395-3510
販売部 (03) 5395-5817
業務部 (03) 5395-3615

デザイン―菊地信義
製版――大日本印刷株式会社
印刷――凸版印刷株式会社
製本――株式会社千曲堂

Printed in Japan

落丁本・乱丁本は購入書店名を明記のうえ、小社業務部あてにお送りください。送料は小社負担にてお取替えします。なお、この本の内容についてのお問い合わせは文庫出版部あてにお願いいたします。

ISBN4-06-264980-2

講談社文庫刊行の辞

二十一世紀の到来を目睫に望みながら、われわれはいま、人類史上かつて例を見ない巨大な転換期をむかえようとしている。

世界も、日本も、激動の予兆に対する期待とおののきを内に蔵して、未知の時代に歩み入ろうとしている。このときにあたり、創業の人野間清治の「ナショナル・エデュケイター」への志を現代に甦らせようと意図して、われわれはここに古今の文芸作品はいうまでもなく、ひろく人文・社会・自然の諸科学から東西の名著を網羅する、新しい綜合文庫の発刊を決意した。

激動の転換期はまた断絶の時代である。われわれは戦後二十五年間の出版文化のありかたへの深い反省をこめて、この断絶の時代にあえて人間的な持続を求めようとする。いたずらに浮薄な商業主義のあだ花を追い求めることなく、長期にわたって良書に生命をあたえようとつとめるところにしか、今後の出版文化の真の繁栄はあり得ないと信じるからである。

同時にわれわれはこの綜合文庫の刊行を通じて、人文・社会・自然の諸科学が、結局人間の学にほかならないことを立証しようと願っている。かつて知識とは、「汝自身を知る」ことにつきていた。現代社会の瑣末な情報の氾濫のなかから、力強い知識の源泉を掘り起し、技術文明のただなかに、生きた人間の姿を復活させること。それこそわれわれの切なる希求である。

われわれは権威に盲従せず、俗流に媚びることなく、渾然一体となって日本の「草の根」をかたちづくる若く新しい世代の人々に、心をこめてこの新しい綜合文庫をおくり届けたい。それは知識の泉であるとともに感受性のふるさとであり、もっとも有機的に組織され、社会に開かれた万人のための大学をめざしている。大方の支援と協力を衷心より切望してやまない。

一九七一年七月

野間省一